早《ワ》稲《セ》女《ジョ》、女、男

柚木麻子

JN267224

早稲女、女、男　目次

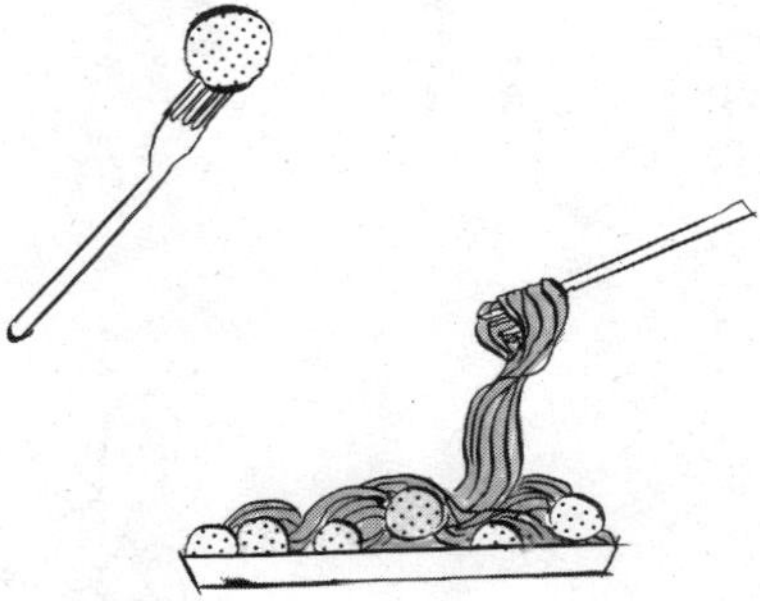

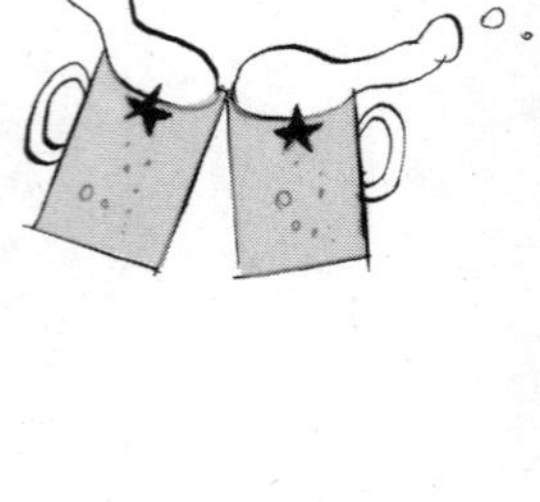

早稲女、女、男

愛の魂正義の心

1

立石三千子《たていしみちこ》は、キッチンから白バラコーヒーの紙パックを手に現れた早乙女香夏子《さおとめかなこ》の姿を見て心底驚き、ついつい笑ってしまった。

「え、その格好でこれからサークルの飲み会行くの？　これだから早稲女《わせじょ》は〜」

早稲女とはもちろん早稲田《わせだ》大学に通う女学生のことだ。融通がきかない、男っぽい、闘志剝《む》き出し——。冗談半分に言われる「早稲女」のイメージに律儀に寄り添う親友に、三千子は時々驚いてしまう。早稲女にだって、華やかギャル系美女もいれば、要領がいいスマートな女の子だってたくさんいるだろうに。

「そんなにヘンかな」

香夏子はきょとんとした顔で、着古したカットソーと擦り切れたデニムという出で立ちを見下ろした。肩までの黒髪をきりりと一つにまとめ、形の良い額を剝き出しにしている。すらりとした長身、ソバカスがやや目立つ色白の頰、大きな瞳はいかにも聡明そうに輝いているし、すっとした鼻梁《びりょう》や引き締まった唇も文句なしに美人といっていい。それなのに自分の内定祝いにすっぴんに普段着だなんて。

「もうちょっとなんとかしようよ。時間はあるんだし」

三千子とて決して女子力が高いわけでも、お洒落命なわけでもない。お金がないから雑誌は立ち読みで済ませ、カットモデルを頻繁に引き受け美容院代を浮かせている。香夏子に比べればルックスも普通だし小柄で鼻ぺちゃだ。それでも、ゆるめのカジュアルスタイルは周囲に好評で、男受けも悪くない。立教大学《りつきょう》に四年も通っていると自然とそうしたセンスは身に付いてくる。どこにでも溶け込めて、軽妙でありながら決して相手に不快感を与えない、ほどのよさが三千子の持ち味だ。

「そんなんじゃ駄目だよ〜。今夜は主役なんだから。久しぶりに彼氏にも会えるんでしょ？」

三千子は腰を下ろしていたベッドから勢い良く立ち上がり、六畳ほどの香夏子の部屋を見回す。二十二歳の女とは思えないほど物が少なく無機質で、これから取り調べでも始まるみたいだ。引っ越した当初からそのままのブラインドは九月の夕日を透かしていた。天井まで届く本棚にはぎっしりと、ちくま文庫や『地球の歩き方』やマスコミ読本が詰まっている。教育学部国語国文学科らしく教育心理学の教科書も目に付く。

「彼氏じゃないっ。長津田《ながつだ》だよ。一ヶ月以上も口きいてないし、もう関係ないから」

香夏子が忌々《いまいま》しそうに吐き捨てるので、三千子はやれやれと肩をすくめた。

「そうやってくっついたり離れたりして、かれこれ四年目のれっきとした彼氏でしょ？大丈夫。可愛くしていけば向こうから謝ってくるってば」

作りつけのクローゼットを勝手に開け、さっと視線を走らせると、GAPとユニクロの黒い波がどこまでも続いている。洋服にかけるお金があったらアジア圏の一人旅資金に充《あ》てる香夏子らしい質素さだ。

「ねえ、習《しゅう》ちゃんの服借りちゃ駄目？　今、いないんでしょ？」

習子《しゅうこ》の部屋とこちらを区切る分厚いカーテンにちらりと目をくれる。彼女のワードローブには期待できそうだ。香夏子の妹の習子は学習院《がくしゅういん》大学文学部フランス語圏文化学科の一年生だ。おしとやかなコンサバファッションは清楚な彼女にぴったりで、姉とは正反対の好みである。

「ダメダメ！　勝手に部屋に入ったりしたらマジギレされるよ。もうすぐサークルから帰ってくる時間だし」

「そうかあ。なら私、ちょっと自分の部屋に行ってトップスを見繕《つくろ》ってくる。ついでに髪とメイクもちゃんとしようよ」

えーっ、いいよお、という困ったような叫び声に背を向け、キッチンを横切り部屋を後にした。三千子の部屋はちょうどこの真下にある。廊下に出ると、ひんやりとした風がくせ毛気味の栗色のロングヘアを吹き上げた。先週までは海で泳げそうな気温だったのに。結局、今年の夏はあっちゃんにどこにも連れていってもらえなかったなあ——。三千子は即座に心の声を打ち消す。三歳上の彼とは、今はただのいい友達だ。元恋人すべてとなんのわだかまりもなく付き合えるのが、三千子の自慢だった。

目の前の学習院大学の敷地の森が、深く唸《うな》るようにごうごうと揺れている。

香夏子とは金沢の中高一貫私立女子校からの大親友である。受験生時代、怠け者の三千子が頑張れたのも彼女の励ましがあったからだ。ともに第一志望だった、早稲田大学教育学部に香夏子だけが合格し、三千子が第二志望の立教大学文学部文学科フランス文学専修に入学することが決まっても素直に祝福できた。もともとあきらめが早くくよくよしない性格だし、香夏子が自分の何倍も努力家なのは知っている。

この女性専用マンションに香夏子と暮らし始めて三年半――。今年からしっかり者の習子も上京して仲間に加わり、学生最後の一年も楽しく賑やかなまま終わろうとしている。

部屋からフリンジ付きブラウスやアクセサリー、ヘアアイロンや化粧道具をかき集め、両手いっぱいに抱えて香夏子の元へと戻った。嫌がる彼女を無理やりベッドに座らせ、まっすぐな黒髪を熱したヘアアイロンでくるくると巻いていく。

「うげえー。私が巻き髪でメイクなんてしたら絶対にオカマだよ。早稲チャリの皆に爆笑されるよ。こんなお花が付いた首飾りなんて絶対似合うわけない」

香夏子は居心地悪そうに、手首にくるくるとネックレスを巻きつけてはほどく、を繰り返している。早稲チャリとは香夏子の所属する演劇サークル「早稲田チャリングクロス」のことだ。といっても、記憶する限り芝居を上演しているのを見たことがない。脚本・演出を担当する長津田が、まだ一度たりとも作品を完成させていないからだ。おかげでほとんど飲みサークルと化している。

「下がデニムなんだから多少甘くてもいいの。アクセサリーは無理とか言うくせに、そのクラリスの指輪ずっと外していないじゃない。それアニメオタクみたいだから本当にやめなよ」

香夏子は頬を膨らませ左手の中指を見やる。山羊の紋章《もんしょう》の入ったシルバーリングは映画『ルパン三世　カリオストロの城』に出てくるキーアイテムだ。

「あーあ、三千子は女らしいね。彼氏途切れないわけだ。私達どこで違っちゃったんだろう。このネックレスも可愛くて、ステキ女子って感じですよ」

いつになく僻《ひが》みっぽい言い方に三千子は首を傾げつつ、せっせと前髪を編みこんでいく。

「私なんか普通だよ。モテたこともないし。あっ、気に入ったんならそのネックレスあげようか？」

「ええっ、悪いよ。高いんじゃないの？」

「んー、どこで買ったか忘れたけど、千円くらいじゃないの？　池袋《いけぶくろ》のエチカかな？　安物、安物」

アクセサリーや持ち物は気まぐれで買うことが多いため、いちいち場所やブランドを覚えていない。おまけにすぐになくしてしまう。自分で購入したものでさえそうなのだから、恋人からのプレゼントはなおさらだ。あっちゃんとこじれた最初のきっかけは、彼の贈り物であるシルバーのリングを、三千子がなくしてしまったことだ。もちろんすぐに謝ったのに、ねちねちと小言を言い続けるあっちゃんがわずらわしく、どちらからともなく距離を置くようになっていった。

「そうやって、なんとなくいい物見つけること多いね。三千子は本当に買い物上手だよ」

香夏子はふっと声のトーンを落とした。

「時々羨《うらや》ましくなる。三千子ってびっくりするくらい執着しないんだもん」

「ん？　それは、あっちゃんのことを言ってるのかな？」

冗談めかして言ったつもりだったが、思い切り噛んでしまった。ちょっぴり気まずい空気が流れ、香夏子が口を開きかけたその時だ。

「お姉ちゃん、綺麗じゃん。いつもそうしてればいいのに」

いつの間にかキッチンに習子が立って、香夏子の白バラコーヒーに口をつけていた。ぽっちゃりと幼い顔立ちの彼女は姉にあまり似ていない。それでも丁寧に巻いた髪やパステルカラーのアンサンブルニットは色白の肌になじみ、可憐で清楚な印象だ。

たちまち恥ずかしくなったのか、香夏子はベッドをごろごろ転げまわった。

2

高田馬場《たかだのばば》駅前のチェーン居酒屋は全品二百八十円均一というところで、せっかくのお祝いなのだからせめて「月の雫」くらいにしてやればいいのになあ、と三千子は思った。狭く煙草臭いエレベーターで三階に向かいながら一応礼儀として香夏子に聞いてみる。

「いいのお？　サークルの飲み会に他大学が来ちゃって。悪くない？」

「今さら何言ってんのよ。私の内定祝いなんだから親友を呼んでもいいじゃない。それに三千子なら初対面の人間ともそこそこ上手くやれるしさ。うちはインカレだから日本《にほん》女子大の子達もちょっといるし気にならないでしょ」

心なしか香夏子はいそいそしている。髪を直したりブラウスの裾を引っ張ったりと落ち着きがない。長津田に会うのを期待しているのだと思うとなんだかいじらしかった。

金曜日の夜のせいか、細長くどこまでも続いていそうな店内は客で溢れていた。ジョッキでいっぱいのトレイを手に行きかう店員や、千鳥足で洗面所を目指すOL風にぶつからないようにして一番奥のお座敷席に辿り着いた。

「あー、早乙女。おっせえじゃん」

一番手前に座っていた男が呂律《ろれつ》の回らない声をあげた。二十ほどの顔が一斉にこちらを見た。男子六割、女子四割といったところか。

「うわっ、早乙女先輩が女になってる。キショーい！」

どっと笑い声が起きる。香夏子が赤くなってせっかく巻いた髪をたちまち黒ゴムでまとめてしまうのを見て、三千子はがっくりした。

「黙れ黙れっ。あんた達、なんで主役登場前に出来上がってんのよー」

香夏子は叫び、男子達の間に割り込むようにしてどしんと腰を下ろす。

「すみません、部外者ですけど……。立教の立石三千子です。今日はよろしくお願いします」

三千子はぺこりと頭を下げ一番隅の席に着く。ふと目を上げると向かいの席に長津田が座っていた。長過ぎる脚を持て余すように立て膝をつき、煙草をくゆらして左隣の女の子にぼそぼそ話しかけている。暫《しばら》く見ないうちに、ますます薄汚くなっていた。こけた頬の無精髭は許せるとしても背中にかかる長髪はいただけない。昔からこのヒッピー野郎の良さがさっぱりわからないのだが、親友の初めての男にして唯一の男なので一応感じよくせねば。にっこり会釈《えしゃく》してみたが一瞥《いちべつ》されただけだ。なんといううつろな目つき。

隣の女の子はノースリーブの白いワンピース姿で、肩にカーディガンを羽織っていた。剝き出しの膝小僧を長津田にぴったりくっつけ、甲高い笑い声をあげる。肩までの髪は丁寧にふわふわと巻かれていた。ポン女《じょ》こと日本女子大の学生だと一目でわかる。

早稲田の女の子はこういうお洒落をまずしない。

香夏子と三千子の分のビールジョッキが到着し、改めて乾杯の流れとなった。

「早乙女香夏子さんの永和《えいわ》出版内定を祝して、かんぱーい！」

幹事の掛け声にグラスのぶつかる音が重なり、歓声があがる。

「おめでとうございます、早乙女先輩。永和出版なんて超大手ですよね。すごい！」

「他に五つも内定出てたのに、全部蹴って初心を貫くなんて。さすが早稲チャリ一の男前っすよ。格好いいなあ」

照れくさそうにジョッキに顔をうずめる香夏子を見て、ふいに胸がちくりと痛むのを感じ、かき消すように手をぱちぱち叩く。祝福される親友を見て喜ぶべきなのに——。

四月、三千子はたまたま最初に内定したレストランチェーンのマーケティング部に、なんとなく就職を決めてしまった。このご時世、受け入れてくれるだけで御の字だ。決して恥じることではない。それでも、がむしゃらに目標を叶えた香夏子と比べると何とも軽薄に思えてくる。たちまち湧いた大きな拍手のおかげで、胸のほの暗い部分は吹き飛んでいった。

「すごくねえだろ。二年間も永和の編集部でバイトして散々こき使われて、ろくに遊ぶ時間もなかったじゃねえか。そのくせ一次募集であっさり落とされてよ。必死こいて、こんなに遅くにやっと内定してもちっとも格好良くねえよ」

吐き捨てるような声に驚いて顔を上げれば、長津田が淀《よど》んだ目で香夏子を睨《にら》みつけている。座がさっと静まった。これが一ヶ月ぶりに再会した彼女に対する言葉だろうか。三千子ははらはらしてしまう。香夏子は一瞬傷ついた表情を浮かべたが、すぐに険悪な口調で言い返した。

「一次募集だろうが二次募集だろうが、入っちゃえば同じです！　就職活動どころか、卒業も危うい人に言われたくないんですけど」

「それが先輩に言う言葉かよ」

「はあ？　そのうち後輩でしょ？　何回ダブれば気が済むわけ？　もう二十五でしょ？うちの大学、八年で卒業できなきゃ除籍だからね！　来年どうすんのよ！」

応酬のあまりの迫力に三千子はうつむき、割り箸の袋をちまちまと折り畳み始める。隣の男の子がくすっと笑いながら囁《ささや》いてきた。

「大丈夫、大丈夫。あのカップル、いつもあんな感じだから」

「えー、そうなの……？」

「法学部四年の杉野雄二《すぎのゆうじ》です。立石さんのこと早乙女からよく聞いているよ」

杉野君はくりっとした目が特徴的で、早稲田の男子にしてはパーカの着こなしがなかなか上手だ。彼は愉快そうに三千子の作った箸置きに手を伸ばす。

「これ可愛いじゃん？　ウサギ？　なごむなあ」

「なんだろう。ラッコ？　適当だから自分でもよくわからない……」

気付けばぐっとくだけたムードになっていて自己紹介をしあう。杉野君は大手芸能プロダクションの営業に内定しているらしい。

「芝居とか試写会のチケット、タダでいっぱいもらえそうじゃん。演劇サークルに入ったのも、演じたいっていうより、舞台観るのが好きだからなんだよね」

「私も。『大人計画』の舞台にいつか行きたいんだ。でも手に入りにくいよね」

「あ、なんとかなるよ。会社で聞いてみる。よければ一緒に行かない？」

上目遣いの杉野君はやんちゃ坊主みたいで可愛い。あっちゃんのことが思い浮かばなかったといったら嘘になるが笑顔で頷き、連絡先を交換した。相変わらず香夏子と長津田は激しく言い争っていて、皆はそれを愉快そうに見つめ酒を飲んでいる。

「だいたい、紙の本の未来なんて真っ暗じゃないか。そのくせ出版社の体質と傲慢《ごうまん》さは昭和とまるっきり変わってねえ。学生を散々ふるいにかけてさあ。死ぬほど苦労してわざわざ泥舟の業界を選ぶこと自体、俺には無意味に思えるんだよな」

「うっせえ、このポンコツ七年生！　脚本家目指すとか言って一本も書いたことないくせに！　悔しかったら松尾《まつお》スズキとか本谷有希子《もとやゆきこ》みたいになって、芥川賞の候補になってから出版批判しろよ！」

香夏子は真っ赤になって唾を飛ばしてわめいている。空の大ジョッキがいつの間にか三つになっていた。

「やだあ、香夏子さんって怖い」

困惑したような声をあげたのは白ワンピースの女だ。

「せっかく今日の主役なんですから、にこにこしてて下さいよお。先輩も女の子相手にそんなに毒吐かないで……」

瞳をうるませ、長津田の腕に軽く手をかけている。彼も香夏子も仕方なさそうに黙り込んだ。

「ほらほら、早乙女も少しは麻衣子《まいこ》ちゃんを見習えよお。女は可愛気だぞ」

誰かが叫び、どっと笑いが起きる。麻衣子と呼ばれた女の顔が勝ち誇ったように綻《ほころ》んだのがわかった。一人っ子で喧嘩慣れしていない三千子に、このピリピリした空気は耐え難い。

「本田《ほんだ》麻衣子って性格もいいし、マジで可愛いよな。早稲チャリのアイドルだよ」

気がつけば杉野君まで目尻を下げている。麻衣子は上級生の男達を相手に、頰を膨らませ身をよじって、甲高い声をあげている。

「ね！　絶対に似てますよお。長津田さんはジョニー・デップに似てますってば。ほら、ここからの角度見て下さいよお」

いきなり長津田の顎《あご》に手を伸ばしくいっと傾けたりするので、三千子はうっすらと嫌な気がした。

「うるさいなあ。お前の髪の毛くるくるふわふわして、くすぐってえよ」

「ひどーい。頑張って巻いたのにぃ」

心配になって主役の席を見やると、香夏子はぼんやりと頰杖をつきゲソの先っぽを口からはみ出させていた。長津田と麻衣子に向けられた目に何の表情も浮かんでいないが、ダメージを受けているのは明らかだ。

店員がラストオーダーを告げに来るなり、幹事らしき下級生男子が立ち上がる。

「そろそろ、このお店終了です。引き続き飲みたい方は二次会にどうぞ。ひとまず会計をまとめまーす。えーと、女の子は無料でオッケー、男と早稲女はサンゴーです！」

三千子は耳を疑い、隣の杉野君をつついた。

「ねえ、女の子ってポン女のこと？　早稲田の女子は女の子じゃないの？」

「あはは。立石さんは女の子だから無料でいいよ」

「そういうことじゃなくて……」

気持ちよく全員割り勘にすればいいのに。同年代の女の子にあからさまに差がついているのを見て、三千子の心はざわざわしている。麻衣子達が当たり前の顔でのんびり笑っている横で、早稲田の女の子達はいそいそと財布を取り出し千円札を数えている。なんて奇妙な光景だろう。

「ほら、早稲女は女じゃなくて早稲女だから」

杉野君は鼻歌交じりに言い、トートバッグから緑色の財布を取り出した。

「男でも女でもなくて早稲女なんだよ。早稲田の女って、男以上に強くて頼れるじゃん。そのくせ、妙にお母さんぽくて世話好きでさ。早乙女見てればわかるじゃん？」

「はあ……」

「その上、四年生だもんな。『一姫二女三婆《ばば》四屍《しかばね》』って言うでしょ」

「なにそれ」

「一年は姫、二年は女、三年は婆、四年は屍。早稲女にもランクがあるの」

彼の視線の先には、幹事をどつく香夏子の姿があった。いつになく深く酔っているようで目が赤い。

「あー、あんたに任せてられない。ちんたらすんな！　私が集める！」

幹事を押し退けて立ち上がり、香夏子はおぼつかない手つきでお金を集めている。

「主賓《しゆひん》にそんなことさせられないっすよ。今日は会費いいですから」

「うるさいなあ。いいわよ。ちゃんと払うわよ。奢《おご》られた酒なんて美味しくないもん」

そう言って札束で幹事の頬をピシピシ叩く香夏子は、確かに猛々《たけだけ》しく見えた。ふと向かいの席を見ると、長津田と麻衣子がいつの間にか消えていた。

長津田が灰皿に積み上げたハイライトの山が小さく崩れた。

3

銀色の大蛇のように山手線《やまのて》の終電が二人を追い越していった。ほんの一駅だけど乗った方が良かったかなあ、と三千子はため息をつき、通り過ぎていく明るい車内を未練がましく目で追う。いや、電車内でこうも騒がれてはたまらない。千鳥足の香夏子の腕をしっかりとつかみ、転びそうになる度に肩を抱き寄せつつ線路沿いを歩いている。

「三千子ォ、三千子ォ、おめーはいいよなあ！　もう次の男見付けやがってェ」

香夏子の大声が真っ暗なアスファルトにこだまする。酒臭い息を吹きかけられ顔をしかめた。長津田と麻衣子があれきり姿を見せないことが影響しているにせよ、ひどい飲み方だった。二次会のカラオケで彼女が瓶ビールをそのまま一気飲みし和田《わだ》アキ子の『古い日記』を熱唱したあたりから、三千子はもう気が気ではなかった。

「次の男なんていないよ。ねえ、もう寝てる人もいるんだからご近所迷惑だよ。あんまり騒ぐと通報されるよ」

「あんた、さっき杉やんとコソコソしてたでしょ。へっへーん！　見いちゃった」

香夏子は鼻に皺《しわ》を寄せて笑うとこちらの手を乱暴に振り解き、よろよろした足取りで逃げていく。

「単に今度、舞台観に行く約束しただけだよお。ねえ、お願いだから静かにして」

「そう言って、すぐに付き合い出すのがおめーのパターンだろうがあ。一体なにをどうやったらそんなにすぐ彼氏が出来るんだよォ。教えてくれよォ。教えてくれよォ」

ようやく追いついて肩をつかみ、無理やり振り向かせた。香夏子の真っ赤な顔が切なそうにゆがんでいるのを見て驚く。彼女は慌てて顔を背け鼻をすすった。どこからともなく鈴虫の鳴き声が聞こえてきて、二人の間を枯れた草の香りのする夜風がすり抜けていく。

「……どうしたの。今日の香夏子、おかしいよ？」

「いいよね皆……、要領よくてさ。損するのはいつも私……」

恨みがましい言い方に、三千子はいつになく苛立ちを感じた。

「それならあなたも誰かとデートすりゃあいいじゃん。今夜の長津田さん、いくらなんでもちょっとひどいよ。少しは心配させちゃえばいいんだよ」

途端に香夏子の目からつうっと涙が落ち、驚きのあまり三千子は「えーっ」と大声をあげてしまった。彼女の泣き顔を見るなんて何年ぶりだろう。慌ててトートバッグからタオルハンカチを差し出した。香夏子はこちらを見ないようにして引ったくると、わざとらしくごしごしと顔をこすった。

「私だって本当はあんたみたいになりたいよ。上手くいかなかったらあきらめて、どんどん次に行けたらって思うよ。苦労して内定したのに、おめでとうの一言も言ってくれない性根の腐った男のことなんか早く忘れて、吉沢《よしざわ》さんと付き合えたらどんなにいいかって思うよ」

聞きなれない名前に背筋がぴんと伸びてしまう。

「ちょっと何、その吉沢さんて？」

香夏子はしまったという表情で口をつぐみ、早足で歩き始める。それでも目白《めじろ》駅に辿り着く頃には三千子の追及に負け、しぶしぶと口を割った。

「永和出版の早稲田卒のＯＢだよ。六歳上。バイトしている頃からお世話になっていて、内定まで色々相談に乗ってくれてたんだ。先週、内定祝いしてくれて。その時、その……」

「告白されたの？」

勢い込んで彼女の顔を覗き込む。二人のやりとりを見て中年のサラリーマン達がしのび笑いを漏らしながら通り過ぎていく。香夏子はなんだか打ちのめされたような顔つきで、不承不承頷いた。

「やだっ。おめでとう！　良かったじゃない」

ほんの少しだけ胃がキリッとするような嫉妬《しっと》も感じていた。三千子は生まれてこのかた、告白をされたことがない。男の子と二人きりで会ううちに、いつの間にか付き合い始めるのが常だった。始まりにも終わりにも明確な線が存在したためしがない。

「彼のこと好きなの？」

「わかんないよっ。そんなのっ」

怒ったように言い捨てると、カールがすっかり取れた髪をなびかせ、香夏子は横断歩道を駆け抜けていく。ちらりと覗いた首筋と耳がびっくりするほど赤かった。

4

吉沢さんから仕事で少し遅れるとの連絡が入り、香夏子と三千子は先にマデラ酒と塩《しお》鱈《だら》とジャガイモのペーストを頼むことにした。夜の四谷《よつや》に来るのも、ポルトガル料理も、マスコミの男にご馳走になるのも、三千子は今夜が初めてだ。厨房から漂ってくる焼けた海老とニンニクの香りが食欲をそそり、いやがうえにも期待が高まる。到着したマデラ酒のグラスを重ねると、チンという澄んだ音が高い天井に響く。よそゆき用のニットワンピースと新品のブーツを身に着けてきて正解だった。

「なんか悪いねえ。ちょっと会えたらな、って言っただけなのに、こんな立派なお店を予約していただけるなんて」

「いいんだよ。吉沢さんも三千子に会いたがっていたし」

ぶっきらぼうに言いつつも、めずらしく薄化粧した香夏子は緊張を隠せていない。早稲田チャリの内定祝いの夜から三日が過ぎたが、長津田から連絡はないらしい。沈んだ様子の香夏子を見かねて、つい口にしてしまったのだ。

「吉沢さんに会わせてよ。どっちの男がいいのかジャッジしてあげる」

冗談半分だったのに、すぐさま会食が成立したのには驚いた。自分が見世物になるのを承知でここにやって来る吉沢さんの勇気には感嘆してしまう。突然、壁側に座っていた香夏子の背筋がすっと伸び、目が大きく見開かれた。頬がほんのりとピンク色に染まり、吉沢さん、と小さく唇が動いた。

振り向くと、長身の男が息を整えながら笑顔でぐんぐん近づいてくるところだった。この人、いいかも――。一目見るなり三千子は力強く頷いてしまう。すごい美男子ではないけれど、甘く整った顔立ちをしている。やや目が細く腫《は》れぼったいのが難点だが、その分優しそうな印象だ。シャツとネクタイの青のグラデーションが目に心地良い。

「待った？　ごめんね。ちょっと出がけにゴタゴタがあって」

「いえ、全然。今来たところです。こっちも」

「ここはチキンが美味しいんだ。頼んだ？」

そんなやりとりを交わす二人は、まるで長年付き合っているカップルのようだった。吉沢さんは何の躊躇《ちゆうちよ》もなく、香夏子の隣に腰を下ろす。グラスを傾けながらちらちら彼を横目で見ている香夏子は驚くほど女らしく、三千子は素直にお似合いだと認めた。

チキンの煮物、海老のガーリック焼き、ジャガイモのグラタン。食事はどれも美味しく、吉沢さんは話題が豊富だった。売れっ子作家の創作裏話をしたかと思えば、最近夢中になっているらしい海外ドラマの話題になる。自分ばかりしゃべるのではなく、三千子からも話を引き出してくれた。お米のプディングとカステラ、エスプレッソが運ばれてくる頃には、すっかり開放的な気分になっていた。

「吉沢さんっていい方ですね。本当に二人が付き合えばいいのにって思いますよ！」

口にしてすぐ、まずいと思った。香夏子はみっともないほど慌ててスプーンを取り落としているし、吉沢さんは困ったように微笑んでいる。

「俺は今すぐにでもそうしたいんだけどね、香夏子ちゃんが全くその気がないんだよ。

彼氏と別れられないんだろうな。今のところは俺の完全な片想いだよ」

淡々とした口調だけど、その眼差しは真摯《しんし》そのものだ。すごい、この人さらっと告白している——。三千子は感動して香夏子を見やった。彼女はうつむいて新しいスプーンでプディングをつついている。吉沢さんは真面目な口調で続けた。

「でも、まだ彼女が迷っているうちは望みがあるかなって思ってる。この二年間、バイトや就職活動を頑張る香夏子ちゃんを見てきて、なんて誠実でいい子なんだろう、って思い続けてきた。なかなか出会えるタイプじゃない。三千子ちゃんならわかるだろ？」

帰りのタクシーでも三千子は彼の言葉を反芻《はんすう》し、うっとりしていた。夜の外堀がぐんぐんと通り過ぎていく。吉沢さんがタクシー券をくれたおかげで躊躇なく高速に乗れた。

「本当にいい人だね。香夏子、良かったね」

「うん……」

先ほどから生返事ばかりの香夏子は、ぼんやりと窓の外を見ている。三千子は小さくため息をつき、その横顔に追い討ちをかけることにした。

「迷う必要がどこにあるんだか……。こう言っちゃなんだけど、長津田さんと吉沢さんてほとんど年変わらないよね？　はっきり言って、人としての出来が違いすぎる」

「うん……。だから不安なんだよ」

三千子は怪訝《けげん》な気持ちで、続きを促《うなが》した。理路整然とした口調で香夏子は語り出す。

「あんな好《よ》い人が私のことを好きなんて、そもそも話が上手すぎると思わない？　吉沢さん、仕事が忙し過ぎて、少しおかしくなっているんじゃないのかな。それか誰かに頼まれて、私を騙《だま》しているんじゃないの？　何か裏がある気がするんだよねえ」

呆れて香夏子の顔を覗き込むが、どうやらふざけているのではないらしい。

「もう、香夏子は大事にされる免疫がないだけだよ！　大丈夫！　付き合ううちにだんだん慣れてくるってば」

「付き合う……？　付き合うねえ、うーん。でも今、長津田と別れて吉沢さんと付き合うのって、いわゆる『乗り換える』ってやつでしょう？　そんな小悪魔風なこと、私ごときがしていいのかな？　調子こいてると思われない？」

「誰に？　誰に思われるの？」

「誰かに。……自分の気持ちがわからないのにずるずる会うのも、吉沢さんを値踏みしているみたいで嫌なんだ。もう二人で会うのはやめようと思う。フェアじゃないもん。長津田に悪いじゃん。まあ、あいつとこれから付き合っていける自信ももうないんだけどね」

「あのさあ。浮気疑惑があるのは長津田さんの方でしょ。ポン女の麻衣子ちゃんと消えてたじゃない。これで香夏子が吉沢さんと付き合い出しても誰も責めないってば。みんながやってることだってば」

なんだか苛々してくる。自分が責められている気がするのは何故だろう。

「でも、浮気って言っても証拠があるわけじゃないし……。それに、長津田が前に言ってたんだ。麻衣子ちゃんが色々悩んでいるから相談に乗ってるだけだって……」

一体、あの麻衣子が何に悩んでいるというのだろうか。

「それに私」

香夏子はふいに膝の上に目を落とした。視線の先に例のクラリスの指輪がある。

「なんでだろう。今日みたいな席でもこの指輪が外せない」

鈍く光る銀に三千子は小さく声をあげ、指輪と香夏子の顔を見比べる。

「もしかして、これ長津田さんが買ってくれたの？　そうだったんだ……」

三千子は感じ入ってしまう。あの身勝手そのものの長津田が恋人にアクセサリーをプレゼントするなんて。そしてそれを大切にしている香夏子にも。思いがけない事実にほろっとさせられた。ところが香夏子は、ゆっくり首を振るではないか。

「ううん。買ったのは私だよ」

座席からずり落ちそうになる。一瞬でも彼を見直したことが悔しかった。

「二十歳の誕生日かな。長津田の阿佐ケ谷《あさがや》のアパートに呼ばれたの。ちょうどその日は、テレビで『ルパン三世　カリオストロの城』を放送する夜でね。お祝いに一緒に見ようって」

なんというチープなお祝い。

「もちろんそれだけじゃないよ。長津田が珍しく料理してくれたの。ミートボールがたっぷり入ったトマトスパゲティ。映画の中でルパンが次元大介《じげんだいすけ》と奪い合って食べていた山盛りのあれ。私がいつか美味しそうって言ったの、覚えていてくれたんだ」

「ふうーん。それはちょっといいね……」

先ほどの吉沢さんとの洗練されたテーブルを思い浮かべてみるが、カリオストロスパゲティもどうしてなかなか魅力的ではないか。

「長津田が『こんなことしか出来なくてごめんな、本当はクラリスの指輪を買うつもりだったけど金欠で』って打ち明けたの。一万五千円もしてあきらめたんだって」

「げっ！　それ、そんなにするの？」

ミラー越しに初老の運転手と目が合い、慌てて声を小さくする。

「後でネットを見たら、カリオストロ伯爵の金の山羊の指輪とペアだったんだよね。二人でお揃いにできたらいいなあって思ったんだ。だから私、お金を貯めて長津田の誕生日の時に両方買って、伯爵の指輪の方をプレゼントしたの」

「香夏子らしいなあ」

恋人との記念品をここまで慈《いつく》しんでいる彼女に引き換え、自分は――。

「まあ、長津田がつけているのは見たことないから、どうせ失くしちゃったんだろうけど」

いい話なんだかそうでもないのだか、判断しかねた。懐かしそうに指輪を見つめる香夏子を見て、ふと感慨にとらわれてしまう。

彼女は気付いてないのだろう。

長津田があきらめた指輪をプレゼントしたことで、彼のプライドを傷つけたかもしれないことに——。ミートボールスパゲティで満足してやれば、それで良かったのに。長津田の冷たい態度の原因はそんなところにあるのかもしれない。お互いなんとなく無言のまま、タクシーは目白のマンションに辿り着いた。

「ねえちゃん、あんたが何とかしろ。あんたなら出来る」

タクシーを降りる時、運転手がこそっと耳打ちしてきた。先に降りた香夏子はマンションのエントランスに立ち三千子を待っている。

「えっ……」

戸惑った表情を浮かべつつも、こんな風に見知らぬ相手から声を掛けられることには慣れていた。池袋の西口公園や丸井《まるい》交差点でのナンパやスカウト、カットモデルの誘いに宗教勧誘だけではなく、住宅地で道を尋ねられることも多い。よほど暇そうに見えるのか。

「あの娘《こ》、このままだとどっちの男も選べない。一人ぼっちで生きるはめになるぞ」

思わず窓ガラス越しに香夏子を見やる。彼女は所在なさげに手をぶらつかせ、ぼんやりと学習院の森を見上げていた。

5

時計台として有名な、1号館の赤煉瓦《れんが》壁を覆うアイビー蔦《づた》が揺れている。この蔦が枯れるまでに恋人が出来ないと四年間独り身のまま——。入学当時はそんな噂がまことしやかに囁かれていたっけ。こうしてこの蔦を見上げるのもあと少しとなった。

三千子は「四丁目」と呼ばれる一角にある、芝生前のベンチに腰掛けている。リクルートスーツから伸びるストッキングの脚をぶらつかせ、フルーツグミを口の中で転がしていた。フランス文学専修はゼミもなく単位さえ足りていれば卒論を書かずとも卒業できるので、最近はほとんど大学に来ることもない。

こうして久しぶりにキャンパスを訪れると、異国情緒《じようちよ》溢れる佇《たたず》まいに改めて見惚れてしまう。町ごと大学色に染めているスケールの大きい早稲田もいいが、池袋の喧噪《けんそう》から切り離されたヨーロッパの村のような立教もやっぱり素敵である。聞き覚えのある声が降ってきた。

「あれ、スーツ？　まだ就活終わってなかったっけ、みっちゃん」

見上げればエンちゃんこと、社会学部社会学科の遠藤真理《えんどうまり》がスターバックスのカップを手に立っている。トレードマークのキャスケットと眼鏡が今日も小粋だ。こぢんまりしたキャンパスだから、こうして一つの場所に留まっているだけで必ず誰かに会えるのだ。エンちゃんとは一年の頃、映画サークルの新歓コンパで知り合ったが、お互い飽きっぽくすぐにやめてしまった。この四年間で短期アルバイトを何度も一緒にした仲だ。

エンちゃんが隣に腰掛けたので、三千子はグミを勧める。

「違う、違う。お昼に神宮前《じんぐうまえ》で内定者の懇親会だったの。今日は卒業認定証書をもらいに教務課に寄っただけ」

「へえ。レストラン業界だっけ。なんか美味しいもの食べられた？」

「うーん。会社の持ち物のイタリアンチェーンだった。まあまあかなあ」

数時間前の気詰まりな食事会を思い出す。本社マーケティング部配属は三千子一人で、ほとんどの内定者は現場スタッフとして採用されていた。店長やシェフとしての意気込みを生き生きと語る彼らを見ていると、柄にもなく萎縮《いしゅく》してしまう。系列のカフェで四年もアルバイトを続けてきてすでに社員並みの知識を備えている女の子、調理師専門学校を出たばかりの男の子。きらきらした目で夢を語られると自分が場違いに思えてくる。深く考えず飲食関係に進路を決めてしまったが、本当にこれで良かったのだろうか。小さくため息をつくと、エンちゃんが笑った。

「それ。内定ブルーってやつ？」

「あ、わかる？」

「まあさ、確固たる意志を持って希望通りの就職する人なんて稀《まれ》なんだから、考えても仕方ないよ。働き始めるうちに色々見えてくるってば。嫌なら転職したっていいんだし。私だって映画業界に行きたかったけど、実際はアパレルの営業だもん」

エンちゃんはトホホと笑うが、全くみじめそうではない。お洒落な彼女に服飾業界はむしろ向いているだろう。来るもの拒まず、来た波にひょいと乗れ――。いつもならそんな風に軽やかに考えられるのに、今は胸に石が詰まっているみたいだ。

吉沢さんと三人で会ったあの夜から何故だか心がざらついているのだ。このままでいくと香夏子は本当に長津田を選ぶかも――。想像しただけで足元が揺らぐような不安に包まれてしまう。自分がいっそう責められている気になる。受験に就職に恋愛。常にほどほどで手を打ち、要領よく生きてきたつもりだった。しかし、何かを強く求めたことのない三千子は、誰からも強く求められたことがない。常に周囲に必要とされる香夏子との違いは、自分が一番良くわかっている。でも、学生生活も残りわずか、いよいよ本物の人生が始まるとなると、どうにも焦ってしまう。猶予《ゆうよ》はもう残されていない。いつだって茨《いばら》の道を選ぶ香夏子だけれど、今回ばかりは大多数が選ぶような楽な方向に流れて欲しい。そうでないと今の自分が空っぽで冷んやりした人間に思えてくるではないか。

唐突《とうとつ》にあっちゃんの悲しそうな声と表情が蘇ってきた。

――三千子ちゃんて、俺でなくても別に誰でもいいんだよな。自分にとって楽ならさ。

目頭が熱くなり、エンちゃんに慌てて笑いかける。

「ねえ、エンちゃん」

もしかして、ここで彼女に会ったのは何かの啓示かもしれない。これからすることは香夏子のためなのだ、と三千子は自分に言い聞かせる。

「夏にビッグサイトでコンパニオンのバイトしたとき、ポン女の一年生と仲良くなったじゃない？　あの子達とまだ連絡とっている？」

「久美《くみ》ちゃん達のこと？　うちの学部の男の子達がポン女と飲みたいっていうから、数回ゲストで来てもらったことあるよ。でもなんで？」

察しの良いエンちゃんの眼鏡の奥がきらりと光る。

「うーん、ちょっとした浮気調査かな。親友の彼氏が怪しいのよね。協力してくれるよね？」

気さくで明るい立教の女の子は、ネットワークを構築する術に長けている。機転が利き、行動力に溢れているのだ。のんびりしたお嬢さんばかりだと思ったら大間違いである。

「どうしちゃったの？　みっちゃん？　人助けなんて珍しい」

「立教の校歌にもあるじゃん。『愛の魂正義の心』ってね」

見てろよ、長津田——。急に目の前が明るくなった気がして、三千子は乾いた唇にリップクリームを強く塗りこんだ。

6

ユーロスペースの場内が明るくなる。

上映中からべたべたしていた長津田と麻衣子の手は、観客たちが次々に席を立ってからもしっかりと繋がれている。

「先輩、このあとどうしますう？」

甘ったるい麻衣子の囁きに、長津田はぶっきらぼうに返す。

「金ねえよ」

「漫画喫茶だったら、のんびりできますよ。それくらい私が出しますよ」

カップルみたいな会話しやがって――。

真後ろに潜んでいた三千子はそっと腰を浮かすと、携帯電話の電源を入れカメラモードに切り替える。身を乗り出して、二人の結ばれた手や横顔を数回撮影した。長津田が突然振り向いても、平然と微笑んでみせる。変装用にエンちゃんから借りたキャスケットはよく似合っているはずだ。

「……あんた！」

普段はクールな変人を気取っているくせに、みっともないほど慌てている長津田を見るのはなんとも愉快だった。意味不明のカルトホラーを二時間も我慢した甲斐があったというものだ。

「どうもこんにちは。香夏子の友達の立石三千子です」

呆気《あっけ》にとられ口をパクパクしている麻衣子とも、余裕の笑みで向き合った。明るい場所でよく見ると麻衣子は大して美人ではない。メイクと服装でかろうじて華やかに見せているだけだ。早稲チャリではアイドルでも、一歩外に出れば地味な目立たない女の子なのだろう。

「ずっとそこにいたのかよ！」

「ええ。上映中からずっと二人を見てましたよ。すごく仲良しなんですね。せっかく円山町《まるやま》にいるんですから、この後はどこかのホテルに行かれたら？」

挑発的な口調が予想以上に上手くいっている。ぽんぽん攻撃する気持ち良さときたら——。三千子は自分に酔いしれていた。

「それじゃあ後はごゆっくりどうぞ！　私はこの画像を香夏子に見せにマンションに帰らないといけないんで。これで香夏子も心おきなく長津田さんと別れて、内定先のエリート社員と交際できます。あー、良かった」

「それどういうことですか？」

麻衣子の声は震えていた。三千子は意地悪くにっこり笑う。友達のためだから、どんなひどい台詞も許されるだろう。

「あれ？　あなた香夏子が全然モテないと思ってた？　早稲チャリでちやほやされて、

頭のネジが飛んだ？　ご心配なく。超イケメンで超優しい彼が彼女に絶賛アプローチ中なんだよね。じゃ、お似合い同士、末永くお幸せに」

歌うように言うと、呆気にとられている二人を残し、劇場を後にする。決まった――。私もやれば出来るじゃないか。スキップせんばかりの足取りで夕暮れの円山町に躍《おど》り出る。

この五日間はいつになく大忙しだった。エンちゃんの力で、日本女子大の一年生達とコンタクトを取った。本田麻衣子の名前を出すと彼女達は親切に色々と調べてくれ、麻衣子の友達だという相沢美奈子《あいざわみなこ》を紹介してくれた。マンションから歩いてすぐの、目白のキャンパスで美奈子に会った。内定先でもらったコーヒーショップや居酒屋の無料券を賄賂《わいろ》に、学食で色々と聞き出した。ギャル風ファッションに身を包んだ派手な顔立ちの美奈子は、麻衣子の親友だと名乗りながらも、彼女の情報をぺらぺら話した。ろくな友達じゃないな、と思うと少しだけ麻衣子が可哀想になる。

――あの子、相当頑張ってますよお。インカレで知り合った早稲田四年の男に超片想い中でえ。今の彼女がなかなか別れてくれないみたいなんですけどお。ジョニー・デップ似のアーティスト系でえ、話合わせるのが大変だって言ってましたよお。

その言葉にいい考えが閃《ひらめ》いて、即座に杉野君にメールを打った。

〈映画の試写会のチケットを二枚、手に入れられないかな？　長津田さんがすっごく好きそうなマニアックなやつ。好み、わかるでしょ？　香夏子との仲直りデートを内緒で

計画しているんだ〉

　彼を騙すのは気が引けたが、何の疑いもなく協力してくれたので助かった。美奈子にチケットを渡す時は、

　——『偶然手に入ったんだけど、長津田さんってこういうの好きだと思うよ』って麻衣子ちゃんに言うの。お願いね。

　と、何度も念押しした。まさかこんなに上手くいくとは思わなかった。試写会は今日と明日の夕方だけだが、初日に現場を押さえられたのも非常にラッキーだ。どうしてこんなに他人の恋愛に首をつっこむのが楽しいのかよくわからない。自分に何もなくて、退屈なせいだろうか——。それは今は考えまいとする。すべては親友のためだ。

「待てよ！」

　という長津田の大声で我に返った。唐突に手首を強くつかまれ、よろけそうになる。ぼさぼさの長髪と青白い顔がすぐそばにあった。まるで犯罪者だ。おびえを気付かれないよう、きっと目を吊り上げてみせる。今日ばかりは、お人好しの立石三千子ではない。

「私を怒鳴るのはお門違いじゃない？」

　途端に長津田の手が緩んだ。

「ごめん……。ちょっとだけ話せないかな。ほんと、頼むよ」

　絞り出すような、弱々しい声に拍子抜けした。

「え、あ、うん……」

どう出ようか迷っているうちに彼はどんどん先に行ってしまう。あたふたと彼の後を追いかけるうちに煉瓦造りのインドカレー屋らしき店に足を踏み入れてしまった。店内は薄暗く、スパイスの香りとアングラな雰囲気が漂っていて、いかにも長津田好みだった。窓辺の席に腰を下ろした二人がチャイしか注文しなかったので、店員は露骨《ろこつ》に顔をしかめた。

「あの、麻衣子ちゃんは……」

遠慮がちに尋ねると、長津田がこちらを見た。長い荒れた髪が頬にかぶさり、ジョニー・デップというよりは病弱な少女のよう。

「帰ってもらった」

「そう……」

長津田は黙り込んだままだし、正直このタイプとどんな会話をすればいいかわからない。無言のまま向かい合っているのは苦痛に近く、チャイのカップが到着すると三千子はほっとして手を伸ばした。シナモンの強い香り。熱くて甘いミルクティーが喉を滑り落ち緊張がほぐれていく。

「俺、香夏子と別れたくねえよ……」

危うくチャイを噴き出しそうになる。カップ越しに目に入った長津田はなんと今にも泣き出しそうではないか。面食らったまま三千子はカップを置いた。

「じゃあ、なんで麻衣子ちゃんとこそこそ会うんですか。あの飲み会の時の態度もどうかと思いますよ」

　哀れな目つきにほだされてしまいそうで、わざと突き放した言い方をした。長津田がかすれた声で応える。

「香夏子といると、時々自分がすげえダメで生きてる価値がない気がするんだよ。そういうことない？　香夏子見てるとさ」

　心の一番柔らかい部分をわしづかみにされた気がして三千子は息を呑む。認めたくないけど、その気持ちなら理解できる。もしかしたら、この世の誰よりも。

「俺ってダメ人間じゃん」

「あ、うん」

　ついうっかり、頷いてしまった。

「でもさ一応、早稲田だしサブカルに強くてポーズでも脚本家とか目指してれば、格好はつくんだよ。留年しても就職しなくてもさ。早稲田だから」

　切実な口調のせいか不思議と鼻につかない。長津田の前のチャイはどんどん湯気を失い、店員が聞こえよがしのため息をついた。

「麻衣子といると安らぐのは本当だよ。あの子は俺のことまじで格好いい早稲田のアウトローだと思ってくれるからさ。いっつも眩しそうに見上げてくれる。つまんねえ話も、うんうんって聞いてくれる。香夏子は違うんだよ。俺の格好悪いところも見透かしてる。俺の何倍も強い。いつも俺の先をずんずん歩いてる。でも……」

続きを聞きたくて三千子は身を乗り出す。長津田はチャイのカップをつかむと一息に飲み干し、大きく息を吐いた。

「でもあいつ、それでも俺のこと見放さないんだ。ダメ人間だってわかってても、ちゃんと一緒に歩こうとしてくれる。だけど、そういう優しいところ時々辛いんだ。まじでどうしていいか、わかんねえ。そのエリート野郎に勝つ自信もこれっぽっちもねえし」

それきり長津田はうつむいてしまった。慰めようにも材料が何もなく三千子は途方にくれる。

――そんなに辛いなら身を引けばいいのに、お互いのためだよ。

喉まで出掛かった言葉をどうにか飲み込む。冷めかけたチャイを啜《すす》りながら、なんだか無性に苛々してきた。まったく、香夏子も長津田もどうしてこう――。

「なんでそう、重いのよ。あなたたち」

「え、俺、重いかな?」

長津田は心の底から驚いた顔をするので、大げさにため息をついてやった。

「別に結婚するわけじゃないんだから、も少し気軽に考えれば? まだ大学生なんだよ? 別れたからって、一生会えなくなるわけじゃないじゃない。恋人としては上手くいかないけど、人としては好きなんでしょ。いいじゃん、普通に友達に戻ったら? 私は歴代の彼氏、全員と友達よ」

　もし、煙草が吸えたなら、一本取り出し火をつけたいところだった。ほんのちょっぴり、自分が手練のいい女になった気分である。ところが、長津田は訳がわからないといった表情で食い下がってくる。

「逆に、俺にはわかんないな。そんなにあっさり関係って変えられるもんか？　それ、友達の振りしてるだけじゃねえの？　フラれたのを認めたくないだけじゃねえ？」

　一瞬、全身の血がどっと上昇する気がした。耳が熱い。店員がこちらを見た気がする。どうしてこんな男に恥をかかされなければならないのだろう。

「な、なにそれ、香夏子を粗末にしてるあなたに言われたくないわよ……。あっちゃん……、元彼と私は現にいい友達だよ！　もう、いい、出ようよ」

　怒りのままにまくしたてると、長津田はのろのろと伝票を裏返す。が、すぐに、

「ああ……、金ねえわ」

　とうめき、テーブルに顔を突っ伏した。誘ったのはそっちなのに、と腹立たしい。

「あー、わかった、わかった。いいよ。奢るよ」

　伝票をつかんでレジに向かう。長津田は礼をするでもなく腰を上げ、大人しくついてくる。会計を済ませる間、妙な気分だった。チャイ一杯奢っただけなのに自分が突然強く豊かになったような、それでいて大きく負けてしまった気がする。香夏子はいつもこんな気持ちなのかもしれない。

　外に出ると、忠実な飼い犬のように長津田が待っていた。仕方なく並んで歩き出す

が、友達の彼氏と夕暮れの円山町を歩くのは、実に後ろめたい気分だった。若いカップルが腕を絡め踊るような足取りで次々と二人を追い越し、ラブホテルの入り口へと吸い込まれていく。なんだかワルツみたい——。

隣の長津田、そして香夏子に言ってあげたくなる。もっと気軽に恋を楽しみなよ。楽な方に吸い寄せられてもいいじゃない。くるくる踊って、どんどん相手を換えてもいいんだよ。それなのに。どこかで二人が羨ましいのは何故なんだろう。こんなにぐずぐず離れられない男女を他に知らない。二人を繋げているものの正体を知りたいと思った。

「俺のなにがいけないんだろーなー」

長津田はまだぶつぶつ言っているので、三千子はうんざりして立ち止まり、上から下まで観察する。もとはそうわるくないのに、耐え難いだらしなさだ。

「まずその長髪どうにかしたら。まずは、そこからじゃない?」

「そんなに変か?」

「道行く人を見ればわかるじゃん。あんたみたいな頭の人、一人でもいる?」

ふと思いついて、鞄から財布を出す。入れっぱなしになっていた、あっちゃんの名刺を取り出し、突きつけてやる。久しぶりに見るあっちゃんの本名に少しの間、目が釘付けになった。

「ここ、いい店だよ。原宿《はらじゅく》のヘアサロン。元彼が働いてるの。美容師なの。私の名前を出せばちょっとまけてくれると思うよ」

「へえ……、いってみようかな」

案外素直にそうつぶやき、長津田は名刺を受け取ると、裏返してしげしげ見つめている。三千子はときめいている自分を感じた。長津田が店に行き、三千子の名を言えば、あっちゃんからお礼のメールがくるかもしれない。そうしたら、できるだけなんてことない内容の返信をしようと思う。またかつてのように気軽に会えるようになるかも——。そこまで思いを巡らせ、初めて気付いた。友達になったはずなのに、どうして連絡ひとつするのにあれこれ理由が必要なのだろう。もしかして、自分も十分、イタいのではないか——。胸に湧いた疑問を三千子は素早く振り払おうとする。対岸から香夏子を見つめていたはずが、気付けば同じ場所に立っているみたいだ。

「いまだに名刺持ち歩いてるなんて、あんた、こいつに未練があるんじゃないの？」

憎らしいことに、長津田は心を読む能力があるみたいだ。三千子は足を速める。

「うるさいなあ。じゃ、私ここで」

「執着がない方がかっこいいって思ってるかもしれないけど、それって単に怖がりなだけなんじゃないのか」

後ろから、やけに愉快そうな長津田の声が追いかけてくる。ふと、涙がこぼれそうになって、三千子はほとんど走るように逃げていく。視界がにじんだせいだろうか。駅までの道のりで、あっちゃんに似たひょろりと背の高い眼鏡の男を二人も見たような気がした。

7

マンションに帰り着いたのは九時過ぎだった。香夏子の顔を見ようと部屋を訪れると、鍵が開いている。ドアを押すなり、床にうずくまっている香夏子を発見し、ぎょっとして靴を脱ぎ捨て、駆け寄る。咄嗟《とっさ》に自殺未遂、と想像してしまったのだ。夢中で肩を揺さぶる。

「大丈夫？　どうしたの？」

彼女は目に涙を溜めて、頬を冷却枕で押さえていた。この間、自分が忘れていったヘアアイロンが床に転がっているのを見て、すぐに納得がいった。

「まったくもう、何やってんのよ。コテの練習で火傷？」

香夏子はばつの悪そうな表情を浮かべ唇をとがらせると、椅子につかまってよろよろと立ち上がる。テーブルの上には女性誌のヘアアレンジ特集ページが開いていた。

「だって、簡単アレンジって書いてあるから。こう、ゆるゆるしてふわふわした髪型にしてみたかったから……」

「こういうのが簡単なわけないでしょ！　雑誌の『簡単』なんて、簡単なわけないじゃない。なによ。この間、私がやってあげたら、すぐにゴムでまとめちゃったくせに」

「でも、あの……、長津田もこういうの……、あの」

言いかけて香夏子は真っ赤になり、それきりうつむく。飲み会での麻衣子の出で立ちを思い浮かべ、ははあ、と理解した。急に親友が健気《けなげ》に思われ、コテを取り上げた。長津田の気持ちを教えてやりたい気もする。いくらなんでもそれはおせっかいが過ぎるだろうか。

「貸して、あたしがやってあげる。香夏子はこういうこと苦手なんだから、無理しなくていいよ。そこ、座って。人には向き不向きがあるんだから」

この間のようにベッドに香夏子を座らせると、後ろの髪からくるくると巻いていった。

「苦手なことから逃げてたら、一生成長できない気がしたんだもん」

「本当に生真面目だねえ。たかが髪じゃない。あんたたちって本っ当に面倒臭い」

今頃、長津田もあっちゃんの店を訪れているのだろうか——。

面倒臭いというより、長津田も香夏子もどうしてこうも自分に正直になれるのか、不思議でならない。怖くないのだろうか。人にどう思われるとか、考えないのだろうか。

「三千子はいいよね、なんでも出来て」

「なんでも出来るっていうのも微妙よね。突出した能力がないってことだもん。それに、自分で髪巻くより、人のを巻く方がずっと簡単だよ。全体が俯瞰《ふかん》できるから」

人間関係でもおんなじだ。三千子にはこれから先の彼女の人生が見通せる気がした。香夏子と長津田は別れられないだろう。何度も何度も離れて、また元に戻る。なんと不毛で、そしてまた、なんと羨ましい関係なのだろう。

「それに、アイロン使いは教えてもらったからさ、あっちゃんに。付き合っている間、みっちり」

あっちゃんとの出会いは大学のそばでカットモデルにと声をかけられたのが始まりだったっけ。あの頃は、三千子も今の香夏子と同じくらい髪が長かったっけ。ふと、香夏子は遠慮がちな声で尋ねてきた。

「あっちゃんとさ、やり直す気、ないの。三千子はさ……」

「彼、もう私のことなんて忘れてるでしょ」

彼、と口にして急に頬の奥が痛くなる。そうだ。まだ忘れられない。自然消滅なんて誤魔化しだ。あっちゃんに飽きられ、冷たくされた。自分には彼のような目標もない。きっと、一緒にいて退屈だったのだろう。これは動かしがたい事実だ。三千子はやっと気付く。かつて恋人だった相手とそう簡単に友達になれる人間など存在しない。

これだから、早稲田生は嫌だ。三千子はすべての力が抜けていく気がして、くすりと笑う。関わる人間すべてを同じ土俵に引っ張り込み、いつの間にかイタくて重い存在に変えてしまうのだから。いや、早稲田生だけではない。すべての大学生が皆、多かれ少なかれ、イタくて重いのかもしれない。香夏子や長津田のように、真っ正面から自分のみっともなさと向き合う勇気がないだけだ。三千子は精一杯、明るい声を出す。

「とにかく、パワーためないとね。あとちょっとで社会人だもん。今のうちに遊んどかなきゃ。ごちゃごちゃしようよ。無茶しようよ。私達、今しかないんだし」

「そうだね。ほんと、パワーをためなきゃね」

香夏子は小さく肩を揺らす。どうやら笑ってるみたいだ。

力を蓄えて、もう一度彼を追いかけるのか――。自分にそんな覇気《はき》は果たしてあるのだろうか。やっぱり自分が可愛い。恥をかくのはとっても怖い。傷ついていることを認めたくない。香夏子のように、強くなれる日は来るのだろうか。

いずれにせよ、これからゆっくりと失恋を味わわなくてはならないみたいだ。大丈夫、目が赤くなっても、前を向いている香夏子にはわからないだろう。しばらく涙を流れるままにしておきたくて、三千子は一層丁寧に親友の髪を巻いていく。

匂うがごとく　新しく

1

真っ直ぐに射られたダーツが吸い込まれるように的の中心に突き刺さり、ぴぃんと身を震わせた。ソファの隣に座っている相沢美奈子が、

「すんごーい。鬼怒川《きぬがわ》先輩っ」

と歓声をあげるなり急に声をひそめ、

「ほらっ、ぼうっとしてないで。ちゃんと盛り上げて」

前を見据えたまま肘でつついてきたので、本田麻衣子は素早く笑顔をつくり手を強く打ち合わせた。美奈子の言う通りにしておけば間違いないのだ。

とりたてて可愛いわけでもない、のっぺりした顔立ちの自分が、早稲田のサークルでマドンナとしてもてはやされるようになったのは、彼女のおかげだ。日本女子大学に入学して半年の間に、美奈子は実に様々なことを教えてくれた。男が喜ぶリアクション、読むべき雑誌、メイク方法、服の選び方――。美女にはなれなくても、見せ方や振る舞い次第でいくらでも異性に気に入られることを、麻衣子は学んだ。地味な外見は白を基調としたワードローブや巻き髪、丸くいれたピンクのチークで、ふんわりと癒し系に見

せればいい。異性を前にするとアガってしまう癖は、天然ボケ風の言動で上手くカバーしている。

明治《めいじ》通りに面したビルの地下にある会員制ダーツバーは薄暗く、客の年齢層が圧倒的に高い。こういうお店にぱっと飛び込めるなんて、鬼怒川先輩と佐原《さはら》先輩はよほど遊び慣れているのだろう。さすがは美奈子の所属する、慶應《けいおう》のテニスサークル「ジャスティス」の部長と副部長だけのことはある。こういう男達と付き合えば、ひとっとびに「勝ち組」になれるのかもしれない——。ハイタッチを交わした鬼怒川先輩の手は大きくねっとりと熱く、少しドキドキした。美奈子が馴れ馴れしくこちらの肩に腕を回してくる。

「ごめんなさーい。この子、今日ノリ悪くて。ついさっき失恋しちゃったばっかりなんで、大目に見てやって下さいね。ね、マイマイッ」

遠まわしに牽制《けんせい》されている気がして、麻衣子はうつむく。

——デートの途中で逃げられて、泣きついて電話かけてきたから仕方なく呼んでやったのに。

高校の頃からそうだ。美奈子に一瞥されるだけで裸にされた気分になる。こうして仲良くしていても、どこかで怯《おび》え、機嫌を損ねまいと緊張している自分がいる。小さな顔の大半を占領しているアーモンド形の強い瞳はすべてを貫くみたいだ。ゴージャス系の巻き髪や流行の赤いリップがこんなによく似合うなんて。小悪魔風のわがままな振る舞いや辛口トークも、この美貌《びぼう》とスタイルなら許されるだろう。彼女と一緒にいるだけで、異性の視線の集まり方が全く違う。こうして並んでお酒を飲むようになるなんて、あの頃は想像もできなかった。学校一派手なギャル。校則の目をかいくぐる天才で、先生方はみんな手を焼いていた。

「麻衣子ちゃんをふるような奴がいるなんて信じられないなあ」

佐原先輩が大袈裟《おおげさ》にのけぞったので、恥ずかしいけれど心が晴れていくのを感じた。お世辞だろうと嬉しくて仕方がない。異性に認められたというだけで、これでいいんだよ、と人生を肯定された気になる。サークルで「マイマイスマイル」ともてはやされている笑顔が、すっと自然に浮かんだ。

「そんなことないですよー。全然モテないんですってばあ。まだ付き合ったこともないし」

「あはは。そういうところがまた可愛いんだよなあ。萌え系っつうか」

「麻衣子ちゃん、人気あるでしょう。サークルどこだっけ？」

今年の四月、人生に異性が登場して以来、麻衣子の価値観は一変した。幼馴染の律子《りっこ》と一緒に、埼玉の公立の女子校から日本女子大に推薦入学が決まった時は、男の人に縁のないコースだねえ、なんて笑い合っていたものだけど、とんでもない間違いだった。入学式の後、正門を出るなり、ものすごい数の男子学生達が口々に勧誘しながらインカレサークルのチラシを押し付けてきた。合コンの誘いも後を絶たない。日本女子大生、通称「ポン女」だというだけで、びっくりするような有名大学の男の子達が、まるでお姫様のように扱ってくれる。お酒やご飯を奢ってくれる。それなのに――。まさか十月の初旬になってもまだ彼氏ができないなんて、四月の自分が知ったらなんと思うだろうか。

「えぇーっ。早稲田の演劇サークル入ってるの？　見えねー！」

鬼怒川先輩のすっとんきょうな声で我に返った。

「でしょ？　今時インカレで早稲田を選ぶこと自体、異色ですよねえ。スーフリの事件以降、早稲田って女子大ではイメージ良くないんですよ。マイは新勧で先輩に一目惚れして、そのまま入部しちゃったクチなんですけどね」

調子に乗って話す美奈子にはらはらしながら、おつまみのキスチョコを口に押し込んだ。今から五ヶ月前、麻衣子は生まれて初めての恋に落ちたのだ。新勧コンパのラッシュも過ぎ去り、そろそろどこのサークルに入るか決める時期だった。英文学科のクラスメイトは慶應や上智《じょうち》のインカレサークルに入る子が多かったけど、麻衣子は迷っていた。遊び上手な飛び切りの美人、つまり美奈子のような女の子でなければ、決してサバイブすることはできないだろう。ああしたサークルに飛び込んだポン女の多くが一年足らずでやめていくことをすでに見聞きしていた。

そんな時だった。クラスメイト達とライブを見に行った早稲田大学で、長津田さんから「早稲田チャリングクロス」のチラシを手渡されたのは。

「うちは演劇サークルっすけど、飲みだけでも大丈夫だよ。俺が脚本と演出を担当してるんだけど……」

長髪に無精髭、くたびれた古着を身にまといぼそぼそとしゃべる彼は、これまで出会ったどの男子学生とも違っていた。六歳上のせいかぐっと大人びて見えたし、大好きなジョニー・デップにどことなく似た風貌をしている。異性にガツガツしてなさそうで、趣味に生きているところが好ましく感じた。何より本当に物知りだった。勧誘中に、麻衣子のメール着信音に反応し、こう尋ねてきたくらいだ。

「それ、『ムーン・リヴァー』？『ティファニーで朝食を』の」

大好きなオードリー映画のタイトルを、同世代の男の口から聞くなんて驚きだった。

「俺、映画の方は全然好きじゃないんだよねえ。ただのアイドルプロモだろ。カポーティーの原作はちゃんと、都会暮らしの孤独や自由への代償を描いているんだ」

「え、原作があるんですか？」

びっくりして問うと、長津田さんは呆れたように笑った。

「おいおい。読んでないのかよ？　そもそもカポーティー自身、ホリー役はマリリン・モンローにやらせたかったみたいで——」

あんな話をされたのは生まれて初めてだった。好きな映画をけなされたというのに、少しも嫌な気にならない。すぐに早稲田の生協で買い求めた、文庫の『ティファニーで朝食を』は殺伐《さつばつ》とした話でさっぱり面白くなかったが、麻衣子は早稲チャリに入ることと、長津田さんの彼女になることを決めたのだった。

一見個性派っぽいけれど、どこか保守的というかおっとりとした雰囲気があり、異性に慣れていない麻衣子でも臆することなく近付いていける。フラフラ生きている様に見えても最後はちゃんと就職するのだろう。なんといっても早稲男だ。

さらに、女子大が目を付けなさそうなサークルだから、自分が一番人気になれる可能性を感じた。演劇をやっているような早稲田の女の子になら確実に勝てるだろう。何より早稲田というところは、男子が女子を「早稲女」と呼びぞんざいに扱うことで有名である。期待に胸を膨らませて入部を決めたのに。

麻衣子は大袈裟にため息をつき、哀れっぽい表情を浮かべてみせる。

「長津田さん……、あ、その彼なんですけど、彼女と上手くいってない、とか言ってても結局別れる気がないみたいなんですよねえ。押しても駄目、引いても駄目なんですよお。さっきなんて映画デートの最中にその彼女の女友達に見つかっちゃったんですよ。そしたら急にそわそわし始めて、あっという間に帰られちゃって」

二時間前のショックと屈辱《くつじょく》が蘇ってきて胃がきゅっと締め付けられたが、スマートで遊び慣れした人種に相談に乗ってもらえているというだけで、幾分心は慰められていた。

「相手の女って、早稲女？」

「はい。いかにも早稲女っていう感じの早稲田の四年です。年中デニムにすっぴんで、一人旅が好きで、いっつも男子と喧嘩してばかりの……」

どっと笑いが起き、ほんの少し溜飲《りゅういん》が下がる。

早乙女香夏子――。

最初に飲み会で出会った時は正直敵ではない、と思っていた。美人なことは認めるが、四年生なんてはっきり言っておばさんだ。その上、ガサツで身なりに構わな過ぎる。瓶ビールをラッパ飲みし、唾を飛ばして男子と議論を繰り広げるなど、自分の女らしさを全力で否定する行動ばかり。まさか彼女が長津田さんの四年越しの恋人だなんて、あの時は予想だにしなかった。

「早稲女ってすっぴん率高いよなあ。下着もベージュって感じじゃん。中高時代のガリ勉引きずってるタイプが多くて、全然そそられねえよ」

「だいたい、早稲女って絶対に奢らせてくれないし、送らせてもくれないんだよなあ。あのガードの堅さ、なんなんだろうな」

「理屈っぽくて面倒くせえのが多いよな。酒強くて、潰そうとしたら逆にこっちが潰されるよ。まあ、そこまでしてヤリたい女なんて早稲田にはいねえけど」

「ゴム付けるの拒否ったら、女性の権利についてとうとうと説教しそうだよな」

ここに女の子がいることをすっかり忘れたかのように、先輩達はあけすけな話をしている。美奈子はげらげら笑っているけど、麻衣子は居心地が悪くてたまらない。

「でもさ、早稲男《わせだん》ってなんだかんだ言って早稲女が好きなんだよな。あれ、不思議だよな」

鬼怒川先輩の言葉が胸にぐさっと突き刺さる。そうなのだ。長津田さんだけではない。早稲チャリの男子の多くが、早稲女と付き合っている。表面上はどんなにずけずけ遣り合おうと、まるで磁石が引き寄せられるように早稲田の男女は必ず惹かれあう。それに引き換え人気者のはずの麻衣子は、長津田さんどころかサークルの誰からもまだ恋を打ち明けられていないのだ。考えただけで、焦りと惨《みじ》めさで冷や汗が出てくる。

「え〜、そうですかぁ？　普通、男って自分より低レベルの女子大の女を選ぶもんじゃないのかなぁ。変なの〜」

美奈子がさらっと口にして、麻衣子は少し驚いた。低レベル——。美奈子は自分や周りのポン女のことをそんな風に思っているのだろうか。素行と成績が悪いせいで推薦がとれず、補欠でやっと合格したというのに。鬼怒川先輩も佐原先輩もとくに否定しないので、かすかに嫌な気持ちになった。座が白けてしまうから我慢するしかないが、本当は反論したくて口がムズムズしている。そりゃ、偏差値では早稲田や慶應に敵《かな》わないかもしれないけど、企業に受けの良い大学だから、就職率は抜群に良いのに——。腕時計を見ると、そろそろ十一時になろうとしていた。

「もう遅いよ。一緒に帰らない？」

男二人が会計に行ったすきに美奈子に耳打ちすると、こともなげに返された。

「今日は先輩達とオールするって決めてるから。てゆーか、マイもおいでよ」

「私は……、門限あるから」

「えー。門限あんのお？　あ、月曜日は起きられないかもしれないから、午前中の授業の代返よろしくね。ていうかさあ、マイもそんな暗そうなサークルやめて、ジャスティスにくればいいのに。こっちの方が絶対に楽しいってば」

曖昧《あいまい》に笑ってそろそろと腰を上げる。毎晩、日付が変わってから帰宅する娘に、共働きの両親は大層機嫌が悪い。中学生の弟にすら、

「姉ちゃん、大学に入ってから変じゃね？　家の手伝いもしねえし、律ちゃんも連れてこないしさ。チャラチャラして高校の頃とは別人みたいだよ」

となじられるほどだ。

もう少し、待って欲しい、と手を合わせたいような思いだ。たった一人の彼氏さえ手に入れれば、こんな浮ついた生活はやめるつもりなのだ。

鬼怒川先輩も佐原先輩も店の前であっさりと手を振っただけで、駅まで送ってはくれなかった。振り向くと二人の手にぶらさがるようにして、美奈子が地面にぺたんと座り込み甘えた声で何かねだっている。それほど酔っているわけでもないのに、さすがだ。お化粧室に行くだけでお金を稼げる、『ティファニーで朝食を』のホリーみたい。

白いジャケットの襟元を合わせ、歩調を速める。

一人になると、夕方の立石三千子の言葉が蘇ってくる。早乙女香夏子の親友。飲み会で会った時から、なんとなく気に食わなかった。力の入っていない態度やほどほどのフ

アッションがどんな場所にもすっと馴染む、お気楽そのものの立教生だ。映画館でデートしていた長津田さんと麻衣子の姿を写真に収めるなり、あの女は得意満面にこう宣言したのだ。

——これで香夏子も心おきなく長津田さんと別れて、内定先のエリート社員と交際できます。あー、良かった。

本当なら感謝すべきなのかもしれない。立石三千子のおせっかいのおかげで、香夏子と長津田さんは別れるかもしれない。ついにチャンス到来だ。それなのに——。

改札を抜け、埼京《さいきょう》線まで続く動く歩道に足を踏み入れる。

早乙女香夏子なんかが——。どうして長津田さんばかりではなくエリートにまで愛されるのだろう。雑誌で提唱されるような「モテ」への努力など一つもしていないくせに。これでは、恋に全力投球している麻衣子が莫迦《ばか》みたいではないか。香夏子のように勉強ができるわけでも、人望があるわけでも、まして一流出版社に内定を貰えるわけでもない。家族や親友にも背を向け、長津田さんただ一人にすべてを賭けているというのに——。

彼のことが大好きなはずなのに、とんでもない貧乏クジを引かされた気さえする。

動く歩道はどこまでも続いていて、永遠に家に帰れない気がしてきた。

2

よく晴れた日で、大隈《おおくま》庭園の芝生には授業の合間の学生達がくつろいでいる。じゃれあうカップルや、コーヒーを啜りながら教科書を読んでいる女子学生が目に入り、なんだかアメリカの大学みたいだ。ここは香夏子やサークルの皆が寄り付かない場所なので、秘密のデートにぴったりなのだ。

金欠でいつもお腹を空かせている長津田さんのために、こうして手作り弁当を届けている。頼まれているわけではないけれど、少しでもプラスに働きそうなことはやっておきたい。目白の日本女子大から早稲田までは近道を使えば十五分足らずだから、昼休みの間に往復できるのだ。今日のお弁当はいつにも増して力を入れた。卵サンドにカツサンド、カリフラワーとキュウリのピクルス、魔法瓶には熱い紅茶。デザートにミルク寒天も作った。

渋谷で逃げられて以来、音信不通が続いていた。こちらから連絡したいのをぐっと我慢していたら、昨晩ようやく「大事な話があるから明日は昼に庭で」とのメールが届いた。

嫌な予感を振り切るように、麻衣子はわざと大きく伸びをし秋空を見上げる。敷地内にこんなに広い庭園があるなんて、それだけで早稲田はすごい大学なのだと思う。こういう所に通う男を狙っているのだから、麻衣子は普通の女の子の何倍も頑張らないといけないのだ。

「おう」

唐突に薔薇の茂みからひょいと姿を現した長津田さんを見て、危うく悲鳴をあげそうになった。

「髪！　どうしたんですか？」

隣に胡坐《あぐら》をかいた彼をまじまじと見つめる。明るい茶色に染められたソフトモヒカンに綺麗に剃刀《かみそり》のあたった頰。まるでジャスティスの鬼怒川先輩や佐原先輩みたいだ。長津田さんがお洒落な髪型にしているというだけで、裏切られた気分になる。長髪に無精髭が良かったのに――。普通の女の子が目に留めそうにないところが、安心だったのに――。

「ああ、ちょっとな」

頭に手をやると、長津田さんは照れくさそうにこちらを見た。ますます嫌な予感がしてくる。

「一から出直すには外見を変えるのがてっとり早いかなって……。その、ごめんな」

「ごめん、って……」

体中の血液がぐんぐん下がっていく気がして、麻衣子は芝生に手をついた。長津田さんは困り果てたようにうつむく。視線の先には、ハート形に抜いた卵サンドがあった。

「俺、やっぱり香夏子が好きなんだ。あいつ、内定先の先輩に告白されたみたいだし、俺に勝ち目あるかわからないけど、玉砕《ぎょくさい》覚悟でぶつかっていこうと思う。お前には本当に申し訳ないと思うけど」

涙をこぼすまい、と懸命に目を大きく見開く。笑い飛ばしてやろうと思った。

――別に本気で好きなわけじゃないもの。調子に乗らないで。

競争率がさほど高くなさそうだから目を付けた。早稲田の男でなければ、これほど夢中で追いかけはしなかっただろう――。しかし、何度冷静に言い聞かせてみても、胸の中がかき乱され爆発寸前だ。ああ、いつの間にか長津田さんのことを本気で好きになってしまったのだ。もう髪型や条件なんてどうでもいい。この人を絶対に手放したくない。

「嫌っ、そんなの絶対に嫌っ」

耳を塞《ふさ》ぎ、力一杯叫んでいた。離れた場所に座っていた女の子が驚いた顔でこちらを見つめているが、そんなことに構っていられない。麻衣子は夢中で目の前の長津田さんの胸にしがみつく。初めて触れる男の人の体は驚くほどに硬くて平らだった。こんなに彼を近くに感じたことなどない。どんなに甘えても手を繋ぐ以上のことを許してくれなかったのだ。

「私、そんなの嫌です。先輩がいてくれないなんて、そんなの嫌です！」

シャツに強くしがみつき、全身全霊で言い放つ。心臓の速い鼓動が伝わってきて、長津田さんが戸惑っているのがわかった。

「髪切っただけで、何か変わったつもりなんですか？　長津田さんは私がいなくても、本当に平気なんですか？　本当に香夏子さんさえいれば、それでいいんですか？」

見上げると、心底弱りきった長津田さんの顔があった。顔全体がつるりと剝き出しになったせいか、いつもよりはるかに頼りなく幼い印象だ。これは押せる——。麻衣子は追い討ちをかけることにした。

「香夏子さん、先輩より先に働きはじめるんでしょ？　先輩よりもっと格好いい社会人から告白されてるんでしょ？　香夏子さんが長津田さんなんかをずっと好きでいてくれると思うんですか？　今私を離したら、あなたなんか一人ぼっちになっちゃうんだから！」

長津田さんは雷に打たれたような顔つきで、しばらくこちらを見下ろしていた。やがて観念したように、のろのろと麻衣子を抱き寄せた。

「ああ、俺、何やってんだろう。最低だな」

といううめき声が頭上から聞こえてくる。

受け入れられたわけではない。ふられるのを力ずくで回避し、先延ばしにしただけだ。わかっているのに彼の体温や煙草の匂いに包まれて、麻衣子は安堵《あんど》のあまり泣き出しそうだった。この瞬間をもっともっと深く味わいたくて、きつく目をつぶる。

3

昼休みの終わった七十年館学生サロンは、人もまばらだった。長津田さんが結局手を付けなかったお弁当を持ち帰り、麻衣子はすごすごと大学に戻ってきた。頬が熱く喉もヒリヒリで、授業に出る気力もない。自販機で温かいお茶を買い再びお弁当を広げるが、少しも食欲が湧かなかった。

「わあ、美味しそう。そのカツサンド。おば様直伝のミルク寒天も！　それ大好きなの」

顔を上げると、律子が人の良さそうなふっくらした丸顔を綻ばせている。文学部と家政学部で離れ離れのせいもあり、こうして顔を合わせるのは本当に久しぶりだ。高校の頃、毎日一緒に過ごしていたのが遠い昔のようだ。

「よければ……、食べる？　あんまりお腹空いてないんだ」

「え、いいの？　大丈夫？　授業がないから、学食でお昼済ませてから部室に行こうと思ってたんだけど、目当てのから揚げ定食売り切れで困ってたところなんだ」

律子は嬉しそうに隣の椅子を引くと、腰を下ろした。アースカラーの重ね着コーディネイトは体の線を隠し、ふんわりしたスカートが踝《くるぶし》まで覆っている。小鳥のアクセサリーは高校一年の時、麻衣子がプレゼントしたものだ。カラーリングしていない黒髪はつやつや光り、化粧気のない肌は赤ちゃんのよう。まるで変わっていない親友にほっとすると同時に、どうしても見下してしまう自分がいていたたまれない。

「屋上庭園にハーブ植えたの。麻衣子ちゃんも今度見にきてよ。目白祭のバザーに出展するジャムやシロップ煮作りで大忙しなんだよね」

「へえ、楽しそうだね。野草の会」

律子を嫌いになったわけではないが、女子大の一年は勝負時なのだ。少しでも多く外の世界でコネを作らねばならないのに――。学校公認サークルに所属し女同士で野草採集だなんて、頭がどうかしているとしか思えない。律子はサンドイッチを一口齧《かじ》るなり、無邪気な声をあげた。

「美味しいっ。相変わらずお料理上手だねえ。このカツの揚げ方なんて神だよ！　絶対にプロになれちゃう。麻衣子ちゃんって天才かも」

「そんな……。たいしたことないよ、お弁当なんて作れても何の意味もないよ」

現に長津田さんは一口も食べてはくれなかった。「手作り」も「聞き上手」も、世間一般で有効とされるカードが少しも効かない。どんな女の子に生まれ変われば、彼の心を射止められるのだろう。それればかり考えてしまい心の休まる暇がない。

「なんで？　自分のことそんな風に言うの……？」

気付けば律子がとがめるように見つめていた。

「麻衣子ちゃんさ最近おかしいよ。大学に入ってから、自分じゃないものになろうとしてる。誰かに何か言われたの？」

視線をどうしても逸らせない。一重の優しげな目がこちらを見透かすみたいだ。麻衣子が何か言おうとしたその瞬間、美奈子がゼリー飲料とペットボトルの載ったトレイを二人の間に割り込ませ、いきなり怒鳴った。

「ねえねえ、あれから早稲男とどうなったの？　略奪愛成功しそう？」

律子の驚いたような視線に頬が熱くなる。幼馴染の親友の前でそんな話をして欲しくない。律子は食べかけの卵サンドを慌てて頬張ると、口に手をあてて立ち上がった。

「サンドイッチ、ご馳走様。じゃ、また」

もごもごと言いながら、小さく手を振りテラスの入り口へと逃げるように走っていった。美奈子はその背中を見ながら、どしんと腰を下ろし煙草を取り出して火を点けた。

「まだ仲良いの？　野草の会の魔女っ子なんかと」

「魔女っ子？」

「なーんか、呪文とか唱えそうじゃん？　絶対に処女だしさあ」

満足気につぶやくと、美奈子は鼻から煙を吐き出し、やり手のホステスみたいに足を組み替えた。処女なのは麻衣子も同じなので、弱々しく頷くしかない。

「変人だよね。せっかくポン女に入ったのに女同士でつるんで、鍋かき回してるなんてさ。ねえねえ、そんなことより、鬼怒川先輩にこの間コクられてさあ……」

ええ？　っと賞賛の表情を浮かべ続きを促しながら、律子の食べ残したお弁当を見つめた。大好きだと言っていたミルク寒天が手付かずで残っていた。

4

彼に会える可能性がある場所には、全て顔を出さないと駄目――。

美奈子にけしかけられしぶしぶ来てしまったが、お昼に涙を見せたばかりで正直、飲み会なんて気分ではない。早稲チャリの集まりは香夏子の内定祝い以来だった。ここ高田馬場駅前の二百八十円均一のチェーン居酒屋はサークルの御用達の店だ。

大学のパウダールームで髪を巻き直したというのに、いつものお座敷に肝心の長津田さんの姿は見当たらない。どうやら今日の主役は四年の杉野さんのようで、他大学の女に失恋した、としきりに騒ぎ皆に絡んでいる。

「映画のチケットも手配して尽くしたのにさあ、やっぱり今は誰とも付き合いたくないとか言い出すんだよ。元彼が忘れられないとか……、そんなん聞いてないっつの！」

マドンナらしく優しく頷きながらも、その程度であきらめているようじゃ失恋とも呼べないわ、と呆れてしまう。そんなことより、いつ彼が登場するかわからない。ちらちらと入り口に目を向けるうち、化粧直しをしておこう、と思い立ち化粧室に向かった。

ドアを押すと、二つある個室のうち一つのドアが開き、見覚えのある霜降りのパーカの背中が見え隠れしていた。何事か、と身を乗り出すと、どうやら香夏子が誰かを介抱していたようだ。よりによって一番会いたくない相手に——。無言で立ち去ろうとした瞬間、彼女が振り返った。まともに目が合ってしまい慌てて顔を背ける。こんな風に香夏子と一対一で向かい合ったことなどない。気まずいのは向こうも同じのようで困った顔で微笑まれた。

「あ……、えーと、元気？」

ソバカスの目立つ色白の頬にくしゃっと皺が寄る。洗いっぱなしの髪を一つにまとめ、安物の服を無造作に身に着けているだけなのに、ピンと張ったアロエのような強さと凜々《りり》しさが眩しい。くやしいけれど、こんな個性を持つ女の子を彼女以外に知らない。

「その子……、知り合いですか？」

便器に死んだようにもたれている女の子を恐る恐る覗き込む。

「ううん、全然。皆のいるお座敷を目指してたら、トイレ前にこの子が倒れてるの発見したんだよね」

「え、知らない人なんですか？」

驚いて問うと、香夏子はこともなげに頷いた。

「うん。全部吐いたから楽になったみたいだよ」

香夏子は洗面台の前に立つと、蛇口をひねりざぶざぶと手を洗い、口に水を含むと喉の奥で音を立てて転がした。鏡越しに彼女の白い喉を見つめるうちに、むらむらと黒い気持ちが湧き上がってくる。香夏子のいかにも頑張ってません、という出で立ちや、異性の目を気にしていない行動が、癪《しゃく》に障《さわ》ってならないのだ。美奈子などよりよほどしたたかに見えてくる。どうせ全部ポーズなんでしょう？　一皮剝けば誰よりも「女」のくせに——。

「香夏子さん、内定先の先輩に告白されたんですよね」

香夏子がぶほっと大きく咳込み、鼻から水を勢いよく噴き出した。目を白黒させながら、しどろもどろに振り返る。

「えっ。なんで知ってんの！　びっくりして鼻うがいしちゃった！」

「長津田さんと二股ってことですか？」

「違う違うっ。告白って言ってもアレだよ、吉沢さん、私のこと別に本気で好きとかじゃないと思うし！　疲れてて少しおかしくなってるんだよ！」

必死の顔で言い訳しながらペーパータオルをむしり取り、乱暴に顔を拭く。鼻水が大きく伸び、香夏子は真っ赤になった。

「長津田とは、さっきそこのスタバで会ったところだよ」

「え……」

思いもかけない言葉に心臓が止まりそうになる。昼間、彼が抱き寄せてくれた時は、ひとまず最悪の状況は回避できたと思ったのに——。麻衣子にいい顔をしながら、しゃあしゃあと香夏子に会いに行く長津田さんが信じられない。涙が滲《にじ》むほど恨めしいのに、どうしても嫌いになれない自分が一番嫌だ。香夏子は次第に落ち着きを取り戻しつつある。

「やり直したい、来年は必ず卒業して就職するから考え直してくれ、って言われた。でも、そうなったらもう、長津田じゃないじゃん。なんか髪までお洒落っぽく切っちゃってさ、ずっとはめてなかった指輪までしちゃっててさ。嬉しいけど……。あんなあいつ、私見たくないんだ。あいつはあいつらしく脚本家目指して、世の中に楯突《たて》いてて欲しいし」

恥ずかしそうに笑うと、香夏子はちん、と鼻をかんだ。

「自分じゃないものになろうとしてるあいつなんて、見たくないんだよね」

何だか自分のことを言い当てられたようで、麻衣子は動揺してしまう。律子の言葉が蘇ってきた。

「ふったんですか……」

「ううん。先にふられたのはこっち。私なんかが相手より、麻衣子ちゃんと一緒にいる方があいつはよっぽどのびのびできるんだと思うよ。私ってほら、男のこと疲れさせちゃうみたいだからさ」

へへっ、と笑って香夏子は左手の中指から指輪を引き抜いた。ごつごつとした質感の山羊の紋章のシルバーリングだ。長津田さんがしていたものとお揃いだ、とやっと気付いた。

「この指輪ともさよなら」

そう言うなり香夏子は酔い潰れた女の子の傍に歩み寄ると、ぐったりした右手を取り、王子様が姫君にするようにうやうやしく指輪をはめた。呆気にとられている麻衣子を促し、化粧室の扉を強く押す。麻衣子はなんだかたまらなくなって、夢中で正面に回りこんだ。

「普通、恋人からプレゼントされた指輪ってなかなか捨てられないもんじゃないですか。いいんですか。あんな見ず知らずの……」

「だって、あれ私が買ったんだもん。捨てるのは、惜しいじゃん」

誤魔化すように笑うと、騒がしい店内が一瞬にして静まるような大声で、

「トイレで潰れている女の子がいるんですけど、心当たりのある方います？」

と香夏子は叫んだ。

5

長津田さんがぼうっとしているので気を引こうと、フォークを伸ばし向こうの皿の生クリームを一口奪う。

「先輩、先輩。聞いてます？」

夢にまで見た銀座デートの真っ最中だ。日比谷《ひびや》公園で待ち合わせをして、有楽町《ゆうらくちょう》マ

リオンでラブコメディを観て、木村屋の二階で酒種あんぱんセットを食べながら、晴れた中央通りを見下ろす——。傍から見たら、麻衣子と長津田さんは幸せなカップルそのものだろう。彼はようやくこちらに気付いたというように目を見開いた。

「ねえ、この後どこに行きます？　私、ＦＯＲＥＶＥＲ21覗きたいなっ」

元気良く言い、口の両端をキュッと持ち上げる。長津田さんが香夏子と別れて一週間以上が経つ。ちゃんと告白されたわけではないけれど、こうして日曜日に待ち合わせて遊ぶということは、もう二人は恋人同士なのだろう。今晩は早稲チャリの上級生男子だけの集まりに一緒に出席する予定だ。ついに公の場で交際宣言——。私、とうとう彼氏ができたんだ。そう思うだけで心が跳ね上がり、踊り出したくなる。

「あのさ、それもいいけどさ、すぐそこの書店に行かない？」

彼が何か提案するのは珍しいので、嬉しくなって頷く。香夏子のような読書家でもインテリでもないけれど、彼と話が合うように勉強し、少しずつ歩み寄っていくつもりだ。

「あのさ、内定先の出版社の研修で、早乙女が来てるらしいんだよ。なんか売れっ子女性作家のサイン会の手伝いとかでさ。二人で脅《おど》かしてやんない？　邪魔してやろうぜ」

「え……」

麻衣子がよほど不機嫌な顔になったのだろう。長津田さんは慌てたように付け加えた。

「いや、別に変な意味じゃないよ。あいつとはもうただの友達だしさ。ただ、澄まして働いているあいつをびっくりさせてやったら面白いかなって思っただけ。な！」

一体何が面白いというのだろう。あまりの腹立たしさに、このまま帰ってしまおうか、と本気で考えたが、どうすることもできずに彼の後にのろのろと続く。レジに向かう長津田さんの足取りは軽く、心が浮き立っているように見える。先ほどまでとは別人みたいだ。もしかして銀座に来たのも、香夏子に会うためだったのかもしれない。

これじゃあ、全然付き合っていることにはならない——。有楽町駅からすぐの書店の入り口には『有森樹李《ありもりじゅり》　サイン会十六時から』というのぼりが揺れていた。開始一時間前だというのに、入ってすぐの階段にはすでに幅広い年代の女性客が一列に並んでいる。二階に辿り着くと、すでにサイン会会場が設置されていて、編集者らしきスーツ姿の男達が忙しく立ち働いている。有森樹李とおぼしきぽちゃっとした女のポスターが大きく貼り出されていた。

「げっ、長津田？　何しに来たのよ」

振り向くと、重たそうな段ボールを抱えた香夏子が戸惑った目をしている。初めて見るスーツ姿に薄化粧、白いマスクで顔半分を覆っているのがやけに色っぽい。麻衣子に気付くと、ぺこりと頭を下げる。長津田さんは生き生きと目を輝かせ、彼女に会えた喜び丸出しに楽しくてたまらないように口を歪める。

「うわー。風邪なのに引っ張りだされるなんて、見るからに下っ端要員だな。まだ卒業してもいないのに、こうやって便利使いされるなんて可哀想になるよ」

「そんなこと言うためにわざわざ来たの？　まじで迷惑なんですけど。こっちは準備でてんてこまいなんだから——」

香夏子が本気でうんざりした声を出した瞬間、段ボールがひょいと持ち上げられた。肩透かしを食らった格好の香夏子が軽くよろけると、大きな手が彼女を抱きとめる。見上げれば、スーツ姿の優しそうなハンサムが段ボールを軽々と片手で抱えていた。

「風邪気味なんだから無理しない方がいいよ」

「吉沢さん……。すみません」

麻衣子は、あっと叫びそうになる。吉沢さん——。確か香夏子にアプローチしている内定先のエリート先輩社員だ。香夏子は恐縮した顔でしきりに頭を下げている。ちらりと長津田さんを確認すると、青ざめて頰を引きつらせている。なんていい気味。そう思う反面、その細い体を抱きしめてよしよしと慰めてやりたくもあった。

「こちらお友達？　どうも初めまして」

吉沢さんは長津田さんと麻衣子に気付くと、軽く会釈した。

「はい。サークルの同級生と……、後輩です」

吉沢さんも長津田さんも、香夏子に熱い視線を送っている。彼女は気まずそうに身を縮め、爪先をもじもじと見下ろしていた。敵わない。香夏子に勝てるわけがない。同じ女でこの差はなんなのだろう。ぼんやりしている麻衣子にまるで追い討ちをかけるかの

ように、

「いいね。こんな女の先輩がいたら、サークルが楽しいでしょう。俺が年下で同性だったら、香夏子ちゃんに憧れただろうなあ。今の早稲女が羨ましいよ」

吉沢さんはそう言って、香夏子に向かって愛しげに目を細めた。私は早稲女じゃないんですよ――。麻衣子は心の中でつぶやいた。長津田さんはまるで暴れ出す寸前の子どものようにじっと押し黙っている。

6

渋谷駅からすぐの個室の焼き鳥屋に辿り着いても、長津田さんはむっつりしたままだ。傍らにいる麻衣子への気遣いなど微塵《みじん》もない。先ほど、香夏子に飲み会の誘いを断られてからずっとこの調子なのだ。

「ごめん。この後、先生を囲んで編集部で打ち上げがあるから――」

申し訳なさそうに言い、ちらりと傍らの吉沢さんを見上げた香夏子はすっかり社会人の表情だった。長津田さんが捨てられたのは納得だ。彼女はこれからどんどん世界を広げ、羽ばたいていくのだろう。

「やっぱ二人は付き合ってたのかあ！　うわあ。俺らのマイマイを持ってかれたよお」

一緒に現れた長津田さんと麻衣子を見て、幹事の杉野さんは突拍子もない声をあげた。たちまち四、五人の上級生男子に質問攻めにされる。晴れがましい交際宣言の場なのに、先ほどの香夏子の姿が目に焼きついているせいか、色あせて感じられてくる。気を取り直し、彼女らしく振る舞おうと、冷めかけたから揚げをかいがいしく長津田さんに取り分けてやった。

「香夏子さんって、ああ見えて結構したたかですよねえ」

空腹のせいか柚子サワーがあっという間にまわり、麻衣子は思わずそう言ってしまった。隣に座った長津田さんの、煙草を叩いていた人差し指が止まった。

「長津田さんと別れてすぐなのに、内定先の先輩にも告白されてるなんて、やり手って感じ。私なんて到底敵わないって思っちゃう」

皮肉っぽく肩をすくめると、男達がどっと笑った。

「早乙女がコクられる？　ないない。あいつがモテるわけねえじゃん。ガセネタだろ」

「男以上に男らしいからなあ。可哀想だけど長津田さんと別れたら次はないだろ」

「そうですか？　結構女の出し方を計算してるって感じ……」

負けじと口を挟んだその時だった。

「お前、そういう言い方やめろよ。あいつのこと何も知らないくせに」

長津田さんが声を震わせている。乱暴な仕草でジョッキをあおると、ドンとテーブルに打ちつけた。座がさっと静まり、視線が二人に集まってくる。

「何それ？」

もうたくさんだ。美奈子の指示に従い、言いたいことも言わず、したいこともせず、異性の目を意識してずっとマドンナを演じてきた。そのことで何か一つでも得をしたことがあっただろうか？　麻衣子は鼻を鳴らすと、長津田さんを見据え一息に言った。

「八つ当たりしないでよ。長津田さんの中で香夏子さんは聖女なんだ。向こうにはもうなんとも思われてないのに、惨《みじ》めだね。長津田さんがどんなに彼女を理想化しようと、近いうちにあの吉沢さんと付き合うことになるよ。だって彼はあなたと違って大人だもん。そうしたら、あなたのことなんて思い出しもしなくなるんだろうね」

目の前の彼は、微動だにしない。麻衣子はコートとバッグをつかむと立ち上がり、呆気にとられている一同を見渡した。

「あんたたちもそうじゃない。口では悪く言いながらも、結局、対等に向き合える早稲女が大好きなんじゃない。私みたいなのをちやほやするのは照れ隠しのポーズなんでしょ？　その自意識、みっともないよ。莫っ迦みたい。やめてやる。こんなサークル」

それだけ言うと背中を向け、ブーツを履き、一目散に駆け出していった。店の外に出るなり、大きく深呼吸する。ひとっとびに冬になったような、厳しく冷えた夜の空気だった。

もう早稲チャリにはいられないだろう。とにかく、今は涙がこぼれるのを防がねば。何でもいいから口ずさもうと思い立つ。

「雲間をいずる　朝日かげ　匂うがごとく　新しく」

つぶやいているだけで知らず知らずのうちに姿勢が伸び、横断歩道の先に渋谷駅がはっきり見えてきた。大学の校歌なんて入学式以来ずっと歌っていないのに、どうしてちゃんと歌詞やメロディを覚えているのか不思議だった。

7

午前中の授業に美奈子が出席していることは稀だ。香雪館《こうせつ》の四階、階段教室の中ほどに明るい茶色の巻き髪を見つけると、麻衣子は救われたような気持ちになった。いそいそと隣に腰を下ろすと、美奈子はホットビューラーで睫《まつげ》を持ち上げながら、おはよー、と気だるそうにつぶやいた。

「おはよう、美奈子。ねえ、私も今からジャスティスに入ることって可能かな」

昨夜からずっと考え続けていたことだった。できるだけ必死さを悟られないように、さばさばした口調を心がける。長津田さんから何度か着信があったが、すべて無視していた。もう傷つくのはたくさんだった。新規まき直し——。後期の今ならまだ間に合うはずだ。

美奈子は驚いたように目を見張り、ビューラーを下に置いた。

「え、どうしたの？　早稲チャリだっけ。あれ、もういいの？」

「うん。なんていうか、人間関係に疲れちゃって。美奈子の言うように、ジャスティスの方が楽しくやれるって気がする」

「ああ、ごめん。そのことなんだけど」

言いよどむ彼女を不思議に思って、顔を覗き込む。言いにくそうに眉毛を八の字にしているが、口元がかすかに綻んでいることに気付いた。

「ごめんね。ジャスティスにはオーディションがあって、その……」

「オーディション？」

「なんていうか、そのサークルのノリに合っているかっていうオーディション。私はパスしたんだけどね」

彼女の目が一瞬光ったのを見て、麻衣子はあっと叫びそうになる。

顔面オーディション――。人気大学のインカレサークルのごく一部が、ルックスで女子大生を選別することがある。そんな噂は今の今まで都市伝説だと思っていた。

「実はね、この間の渋谷のダーツ飲み会、抜き打ちのオーディションだったの。ごめんねー、秘密にしてて。マイがジャスティスに向いているかっていう……。で、結果は……、ごめんね。可哀想だから言いにくいんだけど、マイは可愛いけど、ちょっと地味だし野暮ったいって。うちは読者モデルもいるくらい派手なところだからさあ」

そうか――。美奈子はずっとこの瞬間を待ってたのか。やたらとしつこく誘ってきたのはそのためか。その証拠に、彼女の目は楽しくてたまらない色をしていた。口角が上がっていて、今にも笑い出しそうだ。足元から揺らぐような恥ずかしさが襲ってきて、ぱちん、ぱちん、と心の中で風船が弾けていく。ようやく麻衣子は目が覚めた。景色が今までとは違って見えるほどに。

目の前の美奈子は、得意のあまり鼻の穴が膨らんでいる。どうしてこんな意地悪な女の子に長いこと好かれようとしてきたのだろう。

「わかった」

泣き出したいのをこらえ、精一杯凜と背筋を伸ばす。美奈子は物足りないのか、大袈裟に手を握り締めてきた。

「大丈夫？　マイ、ごめんね。私の力が足りないばっかりに」

「いいよ。別にそんなサークル、入りたくもないよ。たかが学生が、女の子にランクつけて得意になっているような集まり、願い下げだよ」

美奈子が息を呑んだのがわかった。たちまち眉間に皺を寄せ、激しい口調で向かってきた。

「なにそれ？　私のジャスティスを悪く言うの？　自分が顔審査で落とされたからって。あんたってサイテー。なによっ、早稲男の一人もオトせないくせに！」

後ろの席の女の子達がおしゃべりを止め、どうやら聞き耳を立てているみたいだ。

「慶應の女の子達は、美奈子みたいな女の子のこと、どう思ってるのかな」

思ったより冷静な声が出た。美奈子が不快そうに顔をしかめ、「あ？」というように下品に口を歪ませた。

「美奈子は自分に何もないから、男の人にすごくたくさんのことを求めるんだよね。私もそうだったからわかる。でも、それ物欲しげだし、みっともないよ。それに、ルックス審査に合格した子は世界中であなた一人ってわけじゃないんでしょ」

「マイ？」

「もう少ししたらあなたより若い子も大勢入部してくるんだよね」

美奈子は唇を震わせているが、麻衣子は立ち上がるとくるりと背を向けた。女の子達のひそひそ声を背中に浴びながら、教室を後にする。これでよそのサークルに移籍する道も閉ざされ、完全に一人ぼっちになった。それなのに、やけにすっきりした気分なのは何故だろう。もう後ろを振り返るのをやめよう、と胸を張り階段を降り始めると、ふっと体が軽くなるのを感じた。次の瞬間、六段ほど一気に転がり落ち、踊り場に膝を思い切り打ちつけた。しびれるような痛みに小さくうめき声をあげ、おっかなびっくり膝を見つめる。大きく擦りむけ、血が滲んでいるではないか。どうして私ばっかり――。涙がこぼれそうになった瞬間、傷口に大きく影ができ、見上げると教科書を抱えた律子が心配そうに覗き込んでいた。

「大丈夫？　膝、血が出てるよ」

「平気だよ。たいしたことない。階段から落ちただけ」

赤い目に気付かれたくなくて顔を伏せたが、律子は素早く屈《かが》んで麻衣子の肩を抱いた。

「ダメダメ。すぐに手当てしなきゃ。ねえ、部室まで来て。立てる？」

有無を言わさぬ勢いで建物を連れ出され、七十年館に引っ張ってこられた。

野草の会の部室だという小さな部屋は、中央に作業台らしきテーブルが据えられ、壁一面の棚に大小様々な瓶がぎっしりと並んでいた。手書きのラベルや布カバーがまるで雑貨屋さんのようだ。壁には草木染のショールやスカートが何点も飾られている。律子は麻衣子を丸椅子に座らせると、棚からすり鉢を取り出し作業台の上で緑色の葉っぱをすりつぶし始めた。こちらが目を丸くしているのに構わず、律子は葉の搾り汁をガーゼに染み込ませ、膝の擦り傷にそっと押し当てテープで留めた。

「これはチドメグサ。葉の搾り汁を傷口につけると血が止まるのよ」

屈み込んでいた律子はようやく顔を上げ、にっこりした。

「へえ……。こんな草が学校に生えてるの？」

「そうだよ。泉プロムナードのすぐそば。うちの大学って小さいけど緑豊かだから、探すと色んな野草を見つけられるの」

チドメグサの汁は冷んやりとして、膝の痛みが心なしか落ち着いてきたようだ。学内の草花に目を留めたことなんてない。早稲田に通うことに一生懸命で、自分の置かれた環境に鈍感になっていた。律子は作業台の上のコンロに火を点け、ハーブティーを煮出してくれた。香りの良い熱いマグを両手で包んでいるうちに気持ちがほぐれ、まるで高校の頃に戻った気分になる。ふいに、律子のくすり指を彩る輝きが目に飛び込んできた。こちらの視線に気付いたのか、彼女は恥ずかしそうに指輪を見下ろした。

「ああ、これ？ 彼氏からのプレゼント」

危うくマグを取り落としそうになる。彼女は見たこともないような、はにかんだ表情を浮かべ頬を染めている。

「え？ 律子って彼氏できてたの？ どんな人？」

「うん。野草の会って、東大の野草研究会と交流があるんだ。東大は敷地が広くて、変わったキノコや草がたくさん生えているから。そこで出会った院生の彼氏なの」

「東大生かあ。へえ、すごいね」

なんだかいたたまれなくなって麻衣子は膝頭を見つめる。親友にまでレッテルを貼り、勝手に下に見ていた自分が恥ずかしい。

「律子はいいね。私なんて最悪。好きになった相手に振り向いてもらえないのも当然かもしれない」

思い切って口にすると、少しだけ喉の奥のつかえがとれていく。同時にまだ長津田さんのことをあきらめきれていない自分に気付き、心が冷え冷えと静まった。

「上手くいかないのは、麻衣子ちゃんが自分の良さに気付いていないからだよ」

律子はすっと立ち上がると窓の傍に行き、目を細めて中庭を見下ろした。

「日本女子大の校風や教育方針が私は好きなの。穏やかで堅実で、一人一人の中にある財産を大切にしてくれる。うちの大学の就職率がダントツにいいのって、コンサバ感が使いやすいっていうのもあるけど、落ち着いてて聡明な女の子が多いからじゃないのかな。手に入らないものに向かってがむしゃらに突き進むのって一見努力家に見えるけど、私はもったいないなって思う。それより今自分の中にある良いところをゆっくりゆっくり育てるのが好き。ハーブや果実酒みたいにね」

麻衣子は目を見張る。自分の中の財産なんて考えたこともなかった。この半年、違う人間になろうと背伸びばかりしてきたのだ。律子はこちらの視線に照れたのか、おもむろにジャムや果実酒の瓶を取り出し、麻衣子に一つ一つ説明してくれた。それを見つめているうちに、むくむくと気力が湧いてくるのを感じた。せめてちゃんとあの人と向き合いたい——。失恋するのはそれからだって遅くないのだ。

「ねえ、律子。何か一つもらえないかな。風邪をひいている友達がいて、お見舞いしたいの」

「いいよ。姫林檎と生姜のハニーコンフィチュールなんてどうかしら？　喉にいいと思うわ。その代わり、また時々お弁当を食べさせてね」

お日様色の瓶を棚から取り出しながら、律子は声を弾ませた。

8

夏休み前に一度行っただけなのに、香夏子の住まいにはすぐ辿り着くことができた。

目白駅から歩いてすぐ、学習院の裏手にある女性専用のマンションだ。早稲チャリの女子部員の一人が高田馬場駅前で泥酔した時、皆でこの部屋に運び込んだことがあったのだ。あの時の香夏子の素早く的確な介抱を思い出しながら、エントランスのインターホンを押す。

「え、麻衣子ちゃん？　どうしたの？　ええと……、まあ、とにかく入ってよ」

香夏子の戸惑った声がして、自動ドアが開いた。何度も逃げ出したい思いに駆られながらも、麻衣子は勇気を振り絞りエレベーターで三階に辿り着く。「早乙女」の表札を見つけるなりドアが向こうから開き、見覚えのある女が当惑の表情を浮かべていた。

「この間は……。どうも」

立石三千子は気まずそうな面持ちで、麻衣子としばらく向き合っていた。

「どうしたの？　三千子、入ってもらってよ」

奥から香夏子のくぐもった声が聞こえてきたので、麻衣子は慌てて腰を落としてブーツを脱いだ。八畳ほどのダイニングキッチン、バス、トイレの他に部屋が二つあるようだ。確か妹と同居しているのだっけ。三千子に勧められキッチンのテーブルに腰を下ろすと、ドアの一つが開き、マスクにスウェットの上下という出で立ちの香夏子が顔を覗かせた。

「すみません。突然……。お加減いかがですか？」

「うーん。実はこれ、風邪じゃないんだ」

向かいに腰かけた香夏子は、おもむろにマスクを取った。三千子が、やめなって、と呆れ顔で立ち上がり、やかんをコンロに載せた。麻衣子は悲鳴をあげそうになる。

「どうしたんですか。それ……」

無数の赤い吹き出物が唇の周りを取り囲んでいるではないか。

「皮膚科にいったらストレス性の発疹《ほっしん》だって」

「もしかして、その……、長津田さんと別れたせいなんですか？」

どきどきしながら問いかける。香夏子が自分と同じように傷ついているなんて考えてもいないことだった。彼女は情けない笑いを浮かべ、人差し指で吹き出物をぽりぽりかいた。

「それはあるかな。別れたことを後悔しているわけじゃないけど、私、長津田が初めての彼氏だったし、あれ以来なんか心に穴が開いたみたいなんだよね。未練たらしいけど」

麻衣子は息を呑む。一体彼女の何を見ていたのだろう。前だけを見つめ、決して過去を振り返らない、強い女だと勝手に思い込んでいた。

「あと、吉沢さんのことがプレッシャーなのかもしれないね。告白を断ってはいるんだけど、待つって言われちゃって。人を待たせてると思うと、責められてるみたいで、ストレスになるんだよね……」

「あんな優しい人の何が気にいらないのよ。本当はもう好きになりかけてるくせに……。つまんない意地張って、あんたって莫っ迦みたい」

　と三千子はため息交じりに言うと、ティーバッグを放り込んだマグを三つ乱暴に行き渡らせた。香夏子はムキになったように唇をとがらせる。

「だって、別れてすぐに誰かと付き合うって人としておかしくない？　やっぱり長津田と麻衣子ちゃんが一緒にいるの見ると……、グサッてくるんだよ。グサッときてるうちは、どんなに寂しくても誰かと付き合ったりしちゃ、駄目なんじゃないの？　相手にも自分にも嘘ついてることになるじゃん！」

　突然もう一つのドアが開き、少しぽっちゃりした色白の女の子が怒った顔で現れた。まだ夕方なのに寝るつもりだったらしく、パジャマ姿で髪にカーラーを巻いている。

「ここまで律儀だと逆にムカつくでしょう？　でも、姉はこういう人なんですよ」

　呆気にとられている麻衣子に軽く会釈をし、隣にすとんと腰かけた。

「妹の習子です。そこの学習院の、あなたと同じ一年です。この人にイラッとくるのはわかります」

　細い目や地味な顔立ちはまるで香夏子に似ていないけど、頭の良さそうなところは姉ゆずりだ。

「こんなのがライバルだなんてあなただけが悪者みたいで、最高に気分悪いでしょうね。昔から『裸の大将』みたいで……。もうランニング姿でおむすび食ってろよって感じじゃないですか？」

麻衣子は思わずぷっと噴き出してしまう。悪いと思ったがおかしくてならない。習子が続いて笑い出し、三千子もそれに続いた。香夏子だけはむっとした表情で、三人を見回している。笑い過ぎて滲んだ涙をぬぐいながら、麻衣子は香夏子にようやく向き直る。

「私、長津田さんが好きです。好きなんです。長津田さんの気持ちが香夏子さんにあっても、それでもいいんです……。片想いでもいいんです。傍にいられれば。格好悪いけど、どうしても彼じゃないと駄目なんです。香夏子さんにそれを宣言したくて、ここに来ちゃいました」

恥ずかしかったけれど一息に言ってしまう。座がしんと静まり、たちまちいたたまれない思いに浸される。沈黙を破ったのは香夏子だった。

「あいつ、言ってたよ。麻衣子ちゃんと一緒にいると、自分がすごくたくましくて強くなった気がするって。あなたが笑ってくれると、守りたいって思えるって。あと、あなたのお弁当すごく美味しいってさ。片想いなんかじゃないでしょ」

驚いて顔を上げると、香夏子はまるで母親のように優しく頷いてくれた。

「本音が聞けてよかった。サークルやめるなんて言わないでよ。麻衣子ちゃんの伝説の毒舌《どくぜつ》、私まだ聞いてないんだもん。長津田、あれですっかり見直したって言ってたよ」

頭にかっと血が上るのを感じ、慌てて早口で返した。

「香夏子さんこそ、もっと自信もって下さいよ。先輩はいつもみんなに必要とされてます。吉沢さんは、そういう先輩が本当に好きなんだと思います。見てればわかりますよ。告白を断るのは彼にちゃんと向き合ってからでも遅くないと思いますよ」

「そんなあ。私なんかが……、ねえ？」

香夏子は救いを求めるように傍らの三千子を見たが、彼女は知らんぷりでマグにお湯を注いでいる。麻衣子はもうたまらなくなって声を張りあげてしまう。

「たまには他人の言うことちゃんと聞いて下さい。ないものねだりじゃなくて、自分の財産に気付いてくださいよ！」

「財産？」

香夏子は呆気にとられた様子で小さく繰り返した。

「わあ、麻衣子ちゃんて結構良いこと言うね。香夏子、今の言葉を胸に刻みなよ！　あんたはいつも卑屈になりすぎ！」

はしゃいだ声をあげたのは三千子だ。ややあって、香夏子は仕方なさそうに小さく頷いた。

「忘れてました。これ、お見舞いです。喉に良いらしいですよ」

瓶を取り出すと、習子がたちまち目を輝かせた。

「わ、コンフィチュールだ！『エーグル・ドゥース』のケーキを買ってきたから、一緒に食べようよ」

「そうだね。せっかくだし、いただこうか」

あの早乙女香夏子とお茶している——。信じられないような気持ちだった。

姫林檎と生姜のコンフィチュールは優しい甘さなのに、ピリッとした刺激もあって、まるで律子自身のように麻衣子の心を励ましてくれた。キッチンは次第に温かくなり、窓の外では学習院の森がどうどうと鳴っている。

花は咲き　花はうつらふ

1

早乙女姉妹は歩道に並んで、文キャン正門に吸い込まれて行く長津田と麻衣子を乗せたバイクを、ぼんやり見送っている最中だった。早乙女習子は姉の香夏子をそっと盗み見る。枯れ葉の舞う車道を駆け抜けて行く、揃いのヘルメットの恋人達を見つめる姿は悲劇のヒロインそのもの。ボサボサ髪といい、全身GAP風のコーディネートといい、『追憶』のバーブラ・ストライサンドみたい。そういえば、彼女もなんだか早稲女っぽいかもしれない。

普段はきりりと結ばれている唇は惚けたように開かれていて、大きな目がかすかに赤くなっている。同情すべきなのに、どこかで羨ましく思っている自分がいた。

この世の中の面白いことすべては、早稲田大学に集まってくるみたい——。

大学入学と同時に早稲田大学四年の姉と目白で暮らすようになって、日々実感していたことだ。二学期からｆ－Ｃａｍｐｕｓこと五大学単位互換制度を利用して、週に一回早稲田でフランス語の授業を受けるようになってから、習子はいっそうその確信を強くしている。

痴話喧嘩、本気のディスカッション、泥酔、追いかける女と逃げる男。映画とかドラマでしかありえない光景を、このキャンパスやその周辺ではごく日常的に目にする。学生の人数が多いせいだけではないだろう。言葉と知識を豊富に持ち、バトルを恐れず、自分を主張することをためらわない人種。それが早稲田生なのだ。それに引き換え我が学習院大学の大人しさ、平和で上品で何も起きないことといったら。たった半年通っただけなのに、習子はもはや退屈で退屈で、半分死にかけている気分だ。大学生活とはもっと刺激に満ち、涙や笑いが絶えないものではないだろうか。いつの間にかもう十九歳。一体いつになったら私の青春は始まるのだろう。

「あのさ、お姉ちゃん、その、大丈夫？」

いかに打たれ強い姉とはいえ、別れて二週間も経っていない男が新しい彼女をバイクの後ろに乗せて登校するのを見たら、平静ではいられないだろう。ところが姉は突然、肩に提げていたキャンバス地のトートバッグを両手でこちらに押し付けてきた。

「ちょっと、あんた、これ持ってて！　私、先に行くから」

あまりの重さに、習子はよろけそうになる。早稲女ってどうしてこう荷物が多いんだろう。すっぴんで、化粧道具なんてほとんど持ち歩かないくせに。

姉の姿が正門をくぐり抜け、どんどん小さくなっていく。こうした場面ではバイクと反対方向に向かうべきではないだろうか。仕方なく、腕が抜けそうなトートバッグをしょいこんで足早に姉を追いかける。そう言えば、行き交う女子学生を見ても、まるで登山に行くような大きなリュックが目につく。習子は入学祝いに買ってもらったケイト・スペードの小さな赤いバッグを見下ろした。フランス語辞書とルーズリーフ、バタイユの文庫、水玉のハンカチ、ペンケース、ポーチと携帯とお財布。これだけあれば、普通に過ごせるのに。

久しぶりに見る姉の走りは、金沢の女子校時代に陸上部のキャプテンを務めただけのことはあり、フォームがたいそう決まっていた。この大学では全くモテないらしいが、女ばかりの環境で、頭が良く美人の姉のファンは大勢いた。習子が妹だと知ると、誰もが目を丸くしたっけ。

——え、習ちゃんって香夏子先輩の妹なの？　全然似てないんだね。

姉のイメージから逃れたくて、一時期はビジュアル系やゴスメイクにはまったこともあるけれど、中身が全くついていかなかった。悔しいけれど、現在の大人しく上品なスタイルの方がよほど自分にあっている。膝丈のプリーツスカートにアンサンブルのニットという出で立ちは学習院ではごくありきたりだが、このキャンパスでは少数派だ。

すべてにおいて安定志向の自分と、いつも何かと闘っているような姉。推薦で学習院大学文学部フランス語圏文化学科、猛勉強して現役で早稲田の教育学部国語国文学科。進路一つとっても違いはよく現れている。本当は習子だって、ダメモトで早稲田大学を受けてみたかったのだ——。まるでコンサートホールのように巨大な記念会堂沿いを歩きながら、今なら素直にそう思える。なんであんなに頑《かたく》なだったのだろう。母親も担任の教師も受験を勧めていたのに、どうしても受け入れることができなかった。もし、早稲田に入学していたら、もっと刺激的な毎日だったはずなのに。「政治と新聞」とか「決起集会」とか、骨太な筆跡で殴り書きされた立て看板が目についた。

　駐輪場でようやく姉の姿を見つけた。信じられないことに、先ほどの憂いはどこへやら、バイクを背にして立つ長津田と麻衣子相手に唾を飛ばす勢いで喋りまくっている。

「駄目だよお、そんな適当じゃ。次の授業終わったら、初めての二人旅に行くんでしょ？　熱海《あたみ》の温泉街なんてダサすぎ。せめて軽井沢《かるいざわ》のクラシックホテルとかさあ。はあ？　あんたがよくても、麻衣子ちゃんが可哀想じゃん。ねえ？　ね、ね、アテがないなら私が調べてあげよっか？　予算いくらだっけ。って、うわ、私なんか世話好きのおばさんみたいじゃん。あはは、でもさ、貧乏旅行ならこの旅行代理店早乙女におまかせ……」

　わざとらしいほどのおどけた表情で、身振り手振りを交える様は哀れなピエロそのもの。ヘルメットを手にした長津田も麻衣子も明らかに困惑して、時折目配せを交わしている。姉のこんなにイタい姿をこれ以上見ていられず、翌子は長津田自慢のバイクに目を逸らした。確か、ロイヤルエンフィールドとかいう通好みのブランドだ。これを買う時、姉がかなりの額を負担していたことを思い出す。あのお金、当然返してもらってないよなあ――。妙な空気に真っ先に耐えられなくなったと見え、長津田が気まずそうに口を開いた。

「早乙女、ありがとな。でも、貧乏バイク旅行だし、行き当たりばったりでもいいかなって思ってるんだ」

もう、香夏子とは呼ばないんだ。これでもう彼と顔を合わせる機会もなくなるのだろう。当たり前のことなのに、ほんのり寂しく感じて習子は動揺した。長津田なんて理屈っぽいし貧乏くさいし、もう二十五歳。たいして興味はなかったのに、キャンパスで見る彼はいかにも知的で無頼な雰囲気を漂わせ、煮染《にし》めたようなネルシャツすら格好い
い。まさに早稲田マジック。

「それに、コイツ、俺が行きたいところならどこでもいいって言うし」

そう言うと、長津田は傍らの麻衣子を愛おしそうに見た。姉が小さく喉をならしたのがわかる。

こちらと目が合うと、麻衣子はやや困ったような顔つきで、ぺこりと頭を下げた。この間会った時はもっとギャルっぽい印象だったのに、服もお化粧もぐっとナチュラルになっていて、驚くほど可愛らしくなっている。ふんわりしたお団子頭、ボヘミアン風の丈の長いワンピースにカーキのジャケットという出で立ちが、長津田の風貌と程よくマッチしていた。並んだ様はお似合いと言ってもいい。

やっぱり最後に勝つのはこういうタイプなのだろう。姉と直接対決しにマンションまで乗り込み、習子と面識があることはおくびにも出さないのに、不思議としたたかに見えない。神様のように長津田を見上げる様は、いかにも無邪気で恋する幸福感に輝いていて、どうしても憎めないのだ。

ヘルメットを手に遠ざかっていく二人を見て、姉も習子も無言だった。今後も彼らと顔を合わさねばならないのが、サークル内恋愛の辛いところだろう。そんなのは平ちゃらだと自分自身に証明するために、わざわざ話しかけにいった姉の気持ちもわからなくはない。

夏休みから付き合い出した、同じサークルの賢介《けんすけ》のことを考えてみる。いつか賢介が他の女に奪われたら、習子の日常も少しはドラマティックになるのだろうか。想像してみても、少しも胸が痛まず、そんな自分に改めて失望してしまう。

「あのさ、お姉ちゃん、その」

普段は世話を焼きたがる姉に、つっけんどんな対応をしがちなので照れくさい。

「別にもういいじゃん。長津田さんなんてさ。それに今は吉沢さんといういい感じの彼氏候補がいるわけだし……」

先週、姉から紹介されたばかりの吉沢さんは、彼女の内定先の社員だ。長身で爽《さわ》やかな男前、長津田とは正反対の優しく気の利くタイプ。同じ早稲男でこうも違うとは――。

「『球太郎《きゅうたろう》』に行きたい……」

姉がぼそりと口にし、習子はすぐに聞き返した。

「『球太郎』?」

「早稲田にある、世界一まずい居酒屋よ。私、まずい酒が飲みたい気分なのよ」

預けていたトートバッグをひったくると軽々と肩にかけ、姉は背を向けて来た道をどんどん歩き出す。

「え、授業どうすんの？」

「サボる。単位は足りてるし、卒論も提出間近。趣味で出てるみたいなもんだもの」

こういう時の姉は、言い出したら聞かない。それに、長津田は最初の彼氏だ。もしかして、これは最初の失恋ということになるのかもしれない。

「いいよ。私もサボる。付き合うよ！」

足を速めて姉を追うと、なんだか自分も役にありついたみたいで、後ろめたく思いつつも胸がときめいてしまう。もちろん、ささやかな脇役ではあったけれど。

2

お通しのキンピラは何やら発酵したような味がして、習子は顔をしかめた。

マグロの刺身はどす黒く、姉が頼んだビールはテーブルに辿り着く前にほとんど泡が消えている。姉の言う通り、すべてのメニューが目を見張るまずさだった。こんな店が堂々と営業できる高田馬場という町がわからない。目白だったらとっくに潰れているだろう。学習院の周辺の店は、総じて清潔で味のレベルが高い。有名なケーキ店やフレンチレストランが軒を連ねている。お金がない時に利用する激安居酒屋もそこそこの味だし、クラスメイトと普段使いするカフェさえ、初等科の受験生の母親とおぼしきセレブ風美女達がテーブルを取り囲んでいるほどだ。その分、学生のための町という印象が薄く、ちょっぴり物足りないのだけれど。

「よくこの店、アイツと来たんだよね。こんなに安いのに、なんかいっつも私が奢ってさー」

　薄暗い店内の奥の席で、向かいの姉はぽつりと言った。一定のペースでジョッキビールを次々に空にしていく姿は爽快ですらある。まだお昼過ぎだというのに、店内にはちらほらと学生が目立っていた。

「おい、早乙女。昼間っからヤケ酒？　マイマイと長津田さんがこれからバイク旅行に行くせいで、落ちてんの？」

　何の遠慮もない明るい声にぎょっとして顔を上げると、パーカの坊主頭がにやにやしていた。

「杉やん、それ以上無駄口叩いたら、簀《す》巻きにして海に沈めっぞ」

　姉は無表情に言い放った。うわ、こうぇー、と肩をすくめながらも、その男は離れたテーブルに引き返して仲間に声をかけ、自分のジョッキを手にこちらに戻ってきた。姉は面倒くさそうに、サークル仲間の杉野、と習子にそっけなく紹介した。杉野さんは断りもなく習子の隣に腰を下ろし、じろじろと不躾《ぶしつけ》な視線を送ってくる。

「この子、誰？　後輩？」

「妹の習子。学習院の一年。ｆキャンでうちの授業時々とってるの。目白のキャンパスまで歩いて二十分かからないからね」

「へー、全然似てないね」

聞き慣れた台詞にうんざりして、習子はつんと肩をそびやかす。杉野さんはメビウスを取り出し一本を姉に与えると自分の分に火を点け、まるで習子などいないかのように口を開いた。

「なんつうか、お嬢様って感じだよなあ。俺らとは住んでるダンジョンが違うって感じ」

「そうだよねえ。姉妹なのに。かたや負け犬、かたや愛され女子。この子なんて入学早々すぐに彼氏も出来て、趣味はカフェ巡り。なんで、こうも違うのかって感じだよお」

身内とはいえ、早稲田生の自虐トークには辟易《へきえき》してしまう。必要以上に自分を貶《おとし》めて、うれしがっているのだ。エリートの屈折した自己アピールとしか思えない。悪気はないのかもしれないけど、こちらを枠にはめ込むような物言いにもむっとした。カフェ巡りはカフェ巡りでも、習子のそれはスウィーツ人種とは全く違う。真実を知ったら、姉も杉野さんもどれほど仰天することだろう──。

「別にうちの大学、特別お嬢様多くないですよ」

一番マシな味に思えるポテトサラダを引き寄せながら、他大生に必ず言う台詞を口にする。少しでも蓮っ葉に見えるように豪快に喉を見せつけて、コーラを呷《あお》った。

「そりゃ、初等科上がりの子はさすがにお嬢も多いけど、大多数はフツーですよ。フツー。ブランド物をひけらかす子がいるわけでもないし」

「えっ、でも、キャンパス内に厩舎《きゅうしゃ》があるんでしょ？　山手線内に馬がいるのは学習院と皇居だけなんじゃない？　なんかもう別世界って感じだよ」

「ああ、馬術部ですか。確かに初期投資の乗馬用ブーツだのヘルメットだのを揃えるのにお金はかかるけど、実情は結構、体育会系みたいですよ。対抗戦に向けて熱心に練習しているみたいだし。見てるとそんなに優雅なスポーツという感じはしないなあ」

「でも、幼稚園まで全部同じ敷地だろ。愛子《あいこ》さまが何年か前まで同じキャンパス内に通っていたわけだし、普通と雰囲気違うでしょ」

　杉野さんはどうもしつこい。こちらをやんごとなき令嬢にカテゴライズしたくてたまらないのだ。あんたが粗末に扱っているそこの早稲女と同じ家の出だよ、と言ってやりたくなる。普通に講義に出ているだけの学生が、皇室の空気を感じることなどほとんどないのに。もし、プリンセス気分になれる場所があるとしたら、むしろ——。翠子が一向に乗ってこないので、杉野さんはすぐに飽きて、再び姉に絡み始めた。

「ま、早乙女、そうヘコむなって。もう新しい男いるんだろ。内定先の爽やかイケメンとか、聞いてるぜ」

「別に、そういうんじゃないよ。告白の返事だって保留だし」

姉はそっけなく言うと、店員を呼び止め、泡盛をロックで注文した。杉野さんから貰った煙草にようやく火を点け、ゆっくりと煙を吐く。

「なんていうかさ、あの人と私、合わない気がするんだよね。決定的に」

驚いた習子は、杉野さんとほぼ同時に叫んでしまった。

「えー！　吉沢さんの何が気にいらないの？」

「もったいねえな。喧嘩でもしたのかよ」

煙の行方を目で追いかけながら、姉はおっくうそうに口を開いた。

「喧嘩ってわけでもないけど、強いて言えば広末涼子《ひろすえりようこ》かな」

「広末？　え、女優の広末涼子？」

眉をひそめて聞き返すと、姉は苦い顔で頷いた。

「先週、会社のそばの定食屋に彼とお昼に行ったの。そしたら、テレビがついてて、ワイドショーに広末涼子が出てたんだよね」

姉の内定先「永和出版」の人使いの荒さは異常だ。まだ入社式も迎えていないのに、研修と称して、姉はことあるごとに職場に駆り出されている。

「ああ、キャンドルなんとかと結婚した人？」

「私、何気なく言ったわけ。この人、実は先輩なんですよね、って。広末って教育学部国語国文学科を中退してるじゃん。そしたら吉沢さん、なんて言ったと思う？『彼女を早稲女とは認められない』って。『自己推薦制度の入学なんて怪しい。あれだけ大騒ぎしたくせにろくに来ないで案の定退学して、人騒がせにも程があるって』。それでさあ、極めつけにこうだよ。『早稲女っていうのは香夏子ちゃんみたいに、何事もひたむきで一生懸命で最後までやりとげる人のことを言うんだよな』って、決めつけ顔で目なんか細めちゃってさ！」

どうだ、というように大げさに両手を広げる姉に、習子は呆れてしまう。決して間違ったことを言っている訳ではない。長津田のような男と四年も付き合っていたくせに、この厳しいジャッジはなんなのだ。

「なんだ、その男？　ワセ女フェチ？　変わってんな〜」

杉野さんは椅子からずり落ちんばかりだ。

「誰かを持ち上げるために、誰かを落とす。そういうのって私、好きじゃないの」

「褒められたのはお姉ちゃんなんだから、いいじゃない」

「そもそも私、褒められるのとか無理。かゆい！　吉沢さんって悪い人じゃないけど、かゆい発言多過ぎて、時々いたたまれなくなるんだよね。それにさー、なんか話すことも超普通だし、意外性がないっていうか。一言で言うとつまんねーんだもん。別に私、守ってくれるとか大事にしてくれるとか、そういうの必要ない人だし」

姉の声が大きくなるにつれ、二つ離れたテーブルの女の子達がこちらを盗み見る回数が増えていく。やっぱり姉妹だな、と習子は少し感動していた。自分が賢介に抱く不満とほぼ同じだ。そう。一言で言うと、つまらない。

「広末は意外と早稲女っぽいと思うよ。先輩として認めてあげてもいいなって思う。一時はあれだけバッシングされたのに負けないで、見事にアカデミー賞絡みで話題に上るなんてたいしたタマじゃん。それに、キャリアが順調なのに、変わった男とばっかり付き合うなんて、まさに早稲女そのものだよ。腐った世界に迎合しがちな自分を罰するがごとく、駄目男でバランスをとるこの心意気と屈折。実はけっこう気骨のあるやつなんじゃないかな。透明感の向こうにナニクソ根性を見た！」

「ええぇ！　広末擁護派の早稲女って初めて見たわ。いやー、あの男好きオーラとフェロモンは早稲女じゃないだろー。根性なんかなくたって、ニコニコしてれば、周りの男が引き立ててくれるんだって」

杉野さんはにやにやと鼻の下を伸ばして、煙草の吸い殻を灰皿にねじこんでいる。

「すごいよなあ。あれだけ聖女です、って顔して、二度もデキ婚するんだもんなあ」

「ちょっと！　その意見聞き捨てならない！『聖女』とか『娼婦』とか女性の抑圧の形態だよ！　上野千鶴子《うえのちづこ》が『女ぎらい――ニッポンのミソジニー――』の中で書いてたんだけど……」

話の方向が見えなくなってきたので、習子は割って入ることにした。

「ねえ、ちょっと待って。そもそも、お姉ちゃんって広末好きだったっけ」

「いや、全然」

姉はあっさりと首を振る。広末擁護演説をするうちに、いつもの調子を取り戻したらしく、今にもラップを歌い出しそうな勢いだ。

「広末が男だったら中退くらいで、ここまでとやかく言われないって、絶対。女の生き方について上から目線で物言うのを見ると、無性に腹立つんだよね。どうしても庇《かば》いたくなる。それがたとえ、いけすかない女でもさ」

うわ、やっぱり好きじゃないんじゃん——。どうでもよくなってきたのは杉野さんも同じと見えて、箸袋をちまちま折り畳み始めた。ウサギともラッコとも似つかない杉野さんの作品を眺めていると、女の子の声が降ってきた。

「あのう、もしかして早乙女香夏子先輩ですか？」

先ほどからこちらの様子をうかがっていた四人組のうちの一人が、頬を染めて佇んでいる。かなり可愛い顔をしていて、ショートパンツから伸びる脚もすらりと長い。

へえ、こんな早稲女もいるんだ——。

「覚えていらっしゃいませんよね？　先月、居酒屋で介抱していただいたものです。政治経済学部一年の三村《みむら》と申します。私は潰れてて全く記憶がなかったんですけど、一緒に飲んでたあの子達が先輩のことを覚えてて、絶対にお礼を言ってこいって言うもんですから……」

三村さんが振り向くと、テーブルの女の子達がこちらに向かって軽く会釈している。彼女達の憧れと尊敬を込めた眼差しを見て、高校時代の姉のファン倶楽部を思い出した。見知らぬ女の子を介抱だなんて、やっぱりあの頃と少しも変わっていない。

「早乙女先輩、本当にありがとうございます！　ご迷惑おかけしました！」

訳がわからないといった表情の姉だったが、三村さんが差し出した銀色の指輪を見るなり、顔色が変わった。山羊の紋章が入ったそれは、そういえば先月くらいまで姉が肌身離さず身に着けていたものだ。

「あの時、早乙女さん、私の指にこれ、はめてくれましたよね。何かのおまじないですか？」

「あ、あああ！　高田馬場駅前の！　二百八十円均一の！　杉やん失恋飲みの時の！　ああ、あの時の！　なんか、すみませんね。わざわざ」

何故か恐縮しきった様子で、姉はぺこぺこと頭を下げている。

「指輪、お返ししますね。今度是非、お礼をさせて下さい。メアド、教えていただいていいですか？　ね、いいでしょう？」

外見に反して、三村さんはかなり押しの強い性格のようだ。しどろもどろになって姉がアドレスを口にすると、満足そうに携帯を見つめてテーブルに戻って行く。彼女が離れたのを見届けると、姉は「ひいっ」とうめいて、まるで藁人形《わら》でも扱うかのように、指輪をつまんでぽいっと放り投げる。こちらの腕にぶつかってテーブルを転がっていった。何事かと、習子は思わず指輪に手を伸ばす。

「それ、長津田とお揃いで買ったんだよー。捨てるに捨てられなくて、酔い潰れたあの子の指にはめて逃げてきたんだよ。なんで戻ってくるのよー、怖いよー」

本気で青ざめている姉を見て、習子は噴き出しそうになる。

「なに、まわりくどいこと、やってるのよ。もう。燃えないゴミで捨てればいいじゃない」

「捨てても捨てても返ってきちゃう。まるで『ロード・オブ・ザ・リング』の呪いの指輪だなー。マイプレシャース！」

杉野さんがおどけた調子で言うと、姉は雷に打たれたような表情で指輪を見、それきり押し黙ってしまった。

「なあ、これ暗示なんじゃね？　長津田さんとやり直せっていうさ。今からでも遅くないよ。俺の見た感じ、マイマイの方が惚れ込んでいるって感じがするもん」

と杉野さんは陽気に叫んで、姉のグラスに自分のジョッキをぶつけた。ぼうっとしていた姉が突然、頭を激しく左右に振った。

「もう、やめてよ。怖過ぎ。私は長津田なんてまじでどうでもいいし、なんなら付き合ってた記憶も抹消したいくらいなんだからね！　ねえ、ちょっと、あんたお願い。この指輪捨ててきてよ」

「え、私？」

突然、話を振られて習子は面食らう。手にした指輪を慌てて姉に押し付けようとするが、素早く身をかわされた。

「え、や、やだよ。やだ、やだ。自分で捨てればいいじゃん」

「そんなんじゃ、絶対にまた戻ってくるもん。いいから！　ほら、学習院なんて深い森に取り囲まれているじゃん。ホラー映画に出てきそうな名前の、沼みたいな池とかさ。ああいうところにポーンと投げてきてよ。お願い！」

途方にくれて、鈍く光る銀色の指輪を見下ろす。もしかして、お姉ちゃん、単に自分じゃ捨てられないだけなんじゃないの——。そんな言葉を飲み込んで、習子はバッグの内ポケットに指輪を仕舞い、姉の様子をうかがう。泡盛をくいっと飲み干す姿は、父親の晩酌の様子にそっくりで、瞬きをしてしまった。

3

中央教育研究棟の「サブウェイ」が映画研究部のたまり場だ。

賢介の隣でえびアボカドラップをかじりながら、封切られたばかりのハリウッドのラブコメの話題で盛り上がる仲間の会話に、習子はすっかりうんざりしていた。三時間前の姉と杉野さんの飲み会の方が百倍は面白い気がする、もともと中条省平《ちゅうじょうしょうへい》教授の映画論が好きで、ここの仏文を選んだくらいだ。映研というのだから多少はフランス映画をかじっているかと思ったが、ここの子達が好むのは誰でも知っているようなメジャー作品ばかり。成瀬《なるせ》や小津《おづ》さえほとんど観ていない。

「面白そうだね。僕たちも土曜か日曜に観に行こうよ。ね、シュウシュウ？」

機嫌をとるようにこちらを覗き込む賢介は、人の好さそうな目を細めている。石神井《しゃくじい》の実家住まい、趣味は買い物とゲーム、好きな映画は『となりのトトロ』と『ラブ・アクチュアリー』。ツイッターのプロフィールを読んだだけであくびが出そうで、付き合い始めてからも、フォローしていないほどだ。

「ねえね、そろそろクリスマスパーティーの準備始めないとね。幹事、どうする？　誰かやりたい人いる？」

「あ、僕やりましょうか？」

二年の和美《かずみ》さんの提案に、真っ先に手を挙げたのは賢介だ。女の多いサークルで物腰柔らかな賢介は何かと重宝されている。感じが良く身綺麗で、男くささの全くない彼は一度はゲイではないかという噂も立ったほどだ。夏休みに入る少し前、映画の帰りに告白された時は本当に驚いた。どうせなら、いっそゲイだったらよかったのになあ――。習子は彼の横顔を見つめながら思う。ーム・モア・ノン・プリュ』のジェーン・バーキンみたいにベリーショートにしようと思う。女を愛さない男に焦がれる、少年みたいな女の子――。なんて文学的かつ美味しいポジションなのだろう。そんな自分を想像しただけで、うっとりしてしまう。

「クリパの幹事なんて引き受けたら、前日のイブがバタバタになっちゃうよ。せっかくシュウシュウという可愛い彼女がいるんだから、賢介は引き受けちゃだめ」

咎《とが》めるように口を挟んだのは二年の久美子《くみこ》さんだ。同調するように隆《たかし》さんも大きく頷いている。

「そうそう、幹事は寂しいシングル同士と決まっているんだからさ、久美子と俺にまかせなって」

なごやかな笑いがテーブルを包み、習子の楽しい空想は吹き飛んだ。カップルは祝福すべきもの、当然イベントは一緒に過ごすもの。そう決めてかかっている、この場の空気がうっとうしくて仕方がない。姉の言葉を借りるならまさに「かゆい」。賢介の腕を引いて、小さな声で尋ねた。

「ね、話は変わるけど、広末涼子ってどう思う？」

「広末涼子？　綺麗だよね。『おくりびと』とか、すごくよかったなあ」

「いや、そうじゃなくて、女としてアリ、ナシ？　色々話題だったじゃない、あの人」

「女優さんだし、普通と違っててもいいと思うよ。いつも可愛いし、いいんじゃないかな」

ここまで面白みがないと、杉野さんですら輝いて見えてくる。アイスティーを飲み干すと、ため息をついて立ち上がった。

「私、そろそろ行かないと」

腕時計に目をやると四時を少し過ぎている。急がないと、予約の時間に間に合わない。なんといっても今日は初めて二時間コースに設定しているのだ。右隣に座る同学年の緑《みどり》ちゃんが唇をとがらせて、軽く腕を引いた。

「えー、もう行っちゃうの？　シュウシュウ、最近、付き合い悪いなあ。この後、皆でカラオケに行こうって言ってたんだよ」

「うん、ごめん。私、歌って苦手だし、今、塾講のアルバイト忙しいんだ。クリパのこと、決まったらメールちょうだいね」

ここまで言えば、それ以上しつこくされることはない。決して詮索《せんさく》したり勘ぐったりしないのは、学習院生の品の良いところかもしれない。

つながりなどないに等しいくらい緩い輪なのに、協調性を求められると辟易してしまう。映研といっても作品を撮るわけでも、まして映像論を闘わせるわけでもない。なんとなく集まってこうしてだべっているだけだ。そろそろ辞め時かもしれない。賢介に小さく手を振って、中央教育研究棟を後にした。

西5号館と輔仁《ほじん》会館の間を通って、西門に向かおうとしたが、姉との約束を急に思い出した。足を速めて反対方向に折れ、血洗いの池を目指す。枯れ葉を踏みしめながら森の中に入ってしばらく行くと、視界が開けた。中央に橋が渡された、よどんだ緑色の池が見渡す限り広がっている。元は湧水でできた用水池で、江戸時代は灌漑《かんがい》に使われており、水門、水路があったそうだ。おどろおどろしいネーミングの由来に、後に赤穂浪士《あこうろうし》の一員として討ち入りに参加した堀部安兵衛《ほりべやすべえ》が、「高田馬場の決闘」の後、血のついた刀を洗ったためだ、という伝説があるが、大正時代の学習院高等科生徒による作り話らしい。目を凝らせば、魚が泳いでいるのがわかった。

キャンパス内にこれほどちゃんとした自然が息付いているなんて、改めて不思議な気分だ。茂みの向こうから聞こえてくる電車の通過音だけが、ここが都心であることを思い出させてくれる。

一人で池を眺めていると、心がどんどん静まっていく。辺りに人はいない。ふいに、わーっと力いっぱい叫びたくなるが、やっぱりやめた。

彼氏がいて、友達もいる。サークルに入って、好きな授業も受けている。

それなのに、どうしてもここが自分の居場所とは思えないのだ。もっと合っている場所もあるのかもしれないけれど、探す前に挫《くじ》けてしまう。豊島《としま》区唯一の自然森に包まれた学習院は早稲田の広さと違って、果てが見えないのだ。いたるところに暗闇が潜んでいる。ここから誰かや何かを探し出すなんて、考えただけで気が遠くなりそうだ。大海原に一人で漕ぎ出すような孤独な冒険だと思う。きっと姉なら、ためらいもなくボートに飛び乗るんだろうけど、そんな勇気は自分にはない。

バッグから指輪を取り出すと、手を大きく振り上げ、血洗いの池に向かって放り投げた。指輪は蓮の花が密集する辺りに落ち、水面にかすかな輪が広がって行く。踵《きびす》を返して歩き出すと、背後の森が風でどうどうと鳴って、なんだかトトロの森みたいだと思った。賢介のお気に入りだけど、あの映画は苦手なジブリの中でもとりわけ好きになれない。しっかり者の美しい姉とふがいない妹――。

身につまされて、いつもメイが迷子になった辺りでやめてしまう。

4

「習子様、お紅茶のおかわりはいかがですか？」

峰岸《みねぎし》が目尻にたっぷりと皺を寄せて、白い手袋に包まれた右手でティーポットを軽く持ち上げた。白髪に老眼鏡、やや小柄で猫背。燕尾《えんび》服にリボンタイという出で立ちが何の無理もなく似合っている。

「けっこうよ、峰岸。馬車の準備がそろそろ出来るころだもの」

翻訳すると、コース終了時間が迫っている、ラストオーダーの注文はない、という意味だ。年配の男性を呼びつけにするのは、ぞくぞくするような背徳感に満ちている。

「さようですか習子様」

やっと、「お嬢様」を卒業できた。満ち足りた気持ちで、マホガニーの椅子の背もたれに体を預ける。バイト代をつぎ込んで、三ヶ月間も通い詰めたかいがあるというものだ。メンバーズカード一枚分がスタンプでいっぱいになれば、名前で呼んでもらえるようになる。この店の常連への第一歩だ。

残りのダージリンをすすりながら、シャンデリアの淡い灯りで照らされた、薄暗い店内を見渡した。平日の夜七時だというのに、十五席はほぼ埋まっている。会社帰りらしいＯＬ風が多く、習子が一番若い客かもしれない。

ブルーを基調としたインテリアのせいか、フロアを行き交う若いフットマン達が熱帯魚のようだ。ホストのような髪型や、化粧をしているのかと思うほど濃い顔立ちが目立つ。正直、彼らの魅力がさっぱりわからない。サービスマンとして個性を主張し過ぎているし、薄っぺらい物腰でせっかくの燕尾服が七五三みたいに見えるのだ。それでも、女性客のほとんどは彼らを指名する。年配の執事を担当に付けたがるのは習子くらいだろう。隣の席のハッピーバースデーを歌う声と手拍子が、うるさくて仕方がない。向かいの赤カーテンに仕切られた個室に行くまでは、あと二枚カードをためねばならないけど頑張ろう。できることなら、峰岸と二人だけで静かに過ごしたい。

池袋駅から徒歩十分、古いビルの地下一階。ここ執事カフェ「ブラックスワン」にはまったきっかけは、たまたま目にした雑誌の池袋乙女ロード特集だった。従業員がずらりと並んだスナップの中に峰岸の姿を見つけるなり、すぐに携帯から予約のメールを打った。

「暗いところで読書は目によくありませんよ。今度はランプをお持ちしましょう。それにしても習子様は勉強家ですね。いつも何か読んでいらっしゃる」

峰岸の視線の先のバタイユを引き寄せながら、彼を見上げて微笑んだ。

「そうでもないわ。姉に比べれば、私なんてどうってことないの。姉は頭がいいの。早稲田に通ってるのよ」

「さようでございますか。でも、習子様は賢く美しい方ですよ。お顔を拝見すればわかります。お姉様に負けないくらい素晴らしい女性ですよ。あの学習院大学に通われているなんてさすがでございます」

マニュアル通りの受け答えとわかっていても、胸が温かくなる。峰岸に褒めてもらうと、このままで大丈夫、と太鼓判を押してもらった気持ちになれるのだ。

「ふん、うちの大学なんてつまらない人種のたまり場よ。怒りも反骨精神もない、さながら去勢された馬ってとこかしら」

「はははは、相変わらず、習子様は手厳しいことをおっしゃいますな」

何を言っても怒らない峰岸には、いくらでも毒が吐ける。自分はここに甘えに来ているのだと思う。

「習子様、馬車のご準備が整いました」

眼帯をした小柄なフットマンが声をかけてきたので、習子はしぶしぶと腰を上げる。張り切って二時間コースにしたのに、あっという間だった。峰岸にエスコートされ、入り口に向かう。フットマン達が口々に「いってらっしゃいませ」と頭を下げた。まるで花道を歩く気分だが、明るい蛍光灯に照らされた一畳足らずのホールに出ると現実が押し寄せてくる。エレベーターを待つ間、習子はなるべく峰岸を見ないようにするために、前だけ向くことにしていた。六十代にもなって乙女ロードで働くコスプレ男。彼の素性や住んでいる場所を想像するのはルール違反なのだ。汚れたエレベーターが左右に開き、そそくさと乗り込もうとした瞬間、見知った顔に凍り付いた。

「習子様、いってらっしゃいませ」

背後で峰岸の声が聞こえ、扉が閉まる。長方体の空間に二人は取り残された。同じマンションの下の階に住む、姉の十年来の親友、みっちゃんこと立石三千子はしばし固まっていたが、慌てて「1」のボタンを押した。

「ありがとうございました、じゃなくて、いってらっしゃいませ、なんだね」

みっちゃんは、感心したように何度も頷いている。習子は恥ずかしいのと気まずいのとで、怒ったような口調になった。

「前から聞こうと思ってたけど、みっちゃんってどうしてそう、神出鬼没なの？」

よりによって、家族同然の彼女に知られるなんて。風俗店から出てくるのを見られたサラリーマンってこういう気分なのだろうか。扉が左右に開くと、二人は並んで表に出た。入店するころは明るかったのに、池袋はすっかり闇に包まれ、いかがわしい匂いを放っていた。

「神出鬼没って失礼な。フットワーク軽いって言ってよ。ここ池袋だし、私、立教生だし。このビル三階のラーメン屋の帰り。飲み会の前にお腹に何か入れておこうと思って。間違えて地下まで降りちゃったんだ」

豚骨くさい温かい息を吐いて、みっちゃんは肩をすくめた。赤いリュックサックにゆるっとしたサルエルパンツ。同じカジュアルでも姉と違って女の子らしくあか抜けた印象だ。一人ラーメンも一人漫画喫茶も、平ちゃらなのが彼女の持ち味だ。

「駅まで行く？　一緒に行こうよ。もう遅いし、習子ちゃんみたいな子が一人で歩いてたら、この時間は危ないよ」

キャッチセールスらしき黒服の男、居酒屋の呼び込みが次々に声をかけてくるが、まるで目に入らないかのように、みっちゃんはすいすいと器用にかわしている。

「執事カフェか。ああいうところに習子ちゃん、一人で行くんだ。へー、意外だなあ」

「いけない？」

「いや、別にいけなくないよ。どこに行こうと個人の自由だし、私だって機会があれば一回くらい行ってみたいもん。そうじゃなくてさ、さっきの、おじさんのことを言ってるの。……そっくりだったから」

これ以上聞きたくない。習子が思い切り睨みつけると、みっちゃんは一瞬怯《ひる》んだが、意を決したように続けた。

「あなたたちのお父さんに」

駅に辿り着くまで、みっちゃんの顔をまともに見ることができなかった。それでも別れ際、強い口調で何度も念押しした。

「ねえ、このことは、お姉ちゃんには絶対に絶対に黙っててよ。絶対に絶対にだよ」

うん、わかった約束する、となんだか信用の置けない笑顔で頷くと、みっちゃんはそのまま大学のある西口の方向に消えて行った。

5

バッグから鍵を探しながら歩いていたら、飛び上がりそうになった。ライトで照らされたマンションの植え込みに、姉が吉沢さんに抱えられて座っているではないか。慌てて駆け寄ると、吉沢さんは心底ほっとしたように立ち上がった。

「良かった。習子ちゃんが帰って来なかったらどうしようかと思ったよ。勝手に彼女の荷物を探って鍵を出すのは気が引けるし」

姉の上半身がぐらっと揺れた。今にも植え込みに突っ込みそうなので、急いで肩を抱きとめた。鼻を押さえたくなるほど、酒くさい。唇から涎《よだれ》がたれ、かすかに白目を剝いている。酒豪の姉がこんなになるなんて、一体どれほどの量を飲んだのだろう。

「さっき、彼女の番号から俺の携帯に電話があったんだよ。杉野君っていう子からだった。文キャンの近くの『球太郎』まで来てくれって。彼女と飲んでたら、様子がおかしくなったって。介抱したいけど、バイトがあるから任せたいって頼まれた」

ということは、あれから七時間近く飲み続けていたというわけか。立てなくなるはずだ。

「本当にすみません。ご迷惑おかけして申し訳ありません」

忙しいだろうに仕事を放り出して、駆けつけてくれるなんて。彼の優しさに胸を打たれた。賢介は、いや、峰岸は自分のためにここまで尽力してくれるだろうか——。

「とにかく、部屋まで運ぼう。手を貸してくれるかな」

男性は立ち入り禁止だけれど、そんなことを言っている場合ではない。管理人室の灯りが消えているのを確認し、オートロックに鍵を差し込むと、姉をおぶった吉沢さんに合図し、すばやく自動ドアに招き入れた。誰かに出くわさないようにと祈りながら、エレベーターで三階に昇り部屋に辿り着いた時は、安堵で腰が抜けそうになった。

吉沢さんは、姉をベッドに寝かせると、どさりと床に腰を下ろし大きく息を吐いた。

習子はキッチンに向かい、やかんをコンロに載せる。開け放した姉の部屋に向かって、大きく叫んだ。

「あの、本当にお疲れ様です。お茶だけでも飲んで行ってください」

習子が手早く切り分けた「エーグル・ドゥース」のケークキャラメルと、マグに注いだ熱い紅茶を吉沢さんは喜んでくれ、少しだけ罪悪感が薄らいだ。彼がいい人であればあるほど、姉が彼を悪く言うのを黙って聞いていたことが後ろめたい。

「美味しいお茶だね。いい匂いがしてすごくあったまるよ」

「ロシアンティーです。この間、姉の後輩のポン女にもらった生姜と姫林檎のコンフィチュールを入れてみました」

何気なく漏らした言葉なのに、吉沢さんの目がきらりと光った。

「それ、麻衣子ちゃんって言う子？　長津田君の、今の彼女？」

危うくお茶を噴き出しそうになる。

「えっ！　長津田さんと吉沢さんって知り合いなんですか？」

「この間、香夏子ちゃんが手伝いに来た作家のサイン会に、彼と麻衣子ちゃんがやって来たんだよ。長津田君ってお姉さんの元彼だろ。彼女の態度でわかったよ。まだ、好きなんだね。最近、研修中もぼーっとしていることが多いし、明らかに様子がおかしいんだ」

長津田め。余計なことしやがって――。姉の職場に麻衣子を連れて来るなんて、なんと無神経な。一瞬でも、長津田を惜しんだ記憶が憎らしい。二度と味方してやるもんか。

「俺、お姉さんに避けられているみたいなんだよね。余計なこと言ったかな。お姉さんから何か聞いていない？」

真剣そのものの眼差しから、思わず目を逸らした。まさか広末涼子のせいだなんて、とても口に出来ない。部屋を飛び出したい思いに駆られていたが、姉が低くうめいたので、これ幸いと椅子を蹴って駆け寄った。

「どうしたの？　お姉ちゃん？　お水が欲しいの？」

姉は切なそうに眉をひそめ、かすかに唇を動かしている。熱にうかされたように、こうつぶやいた。

「うう、指輪。指輪を捨てないでぇ」

まずい――。タオルケットをかける振りをして、顔ごと口を塞ごうとしていると、背後で鋭い声がした。
「指輪ってどういうこと？　彼女は一体、何がそんなに辛いんだ？」
ああ――。やっぱりスマートに見えても吉沢さんも立派な早稲男だ。自分の気が済むまでとことん追及しないと気が済まない。こちらをじりじり追いつめるような口調は姉や長津田そっくりだ。ああ、なんて面倒くさい人種。
習子は観念してのろのろと振り向いた。

6

ほうほう、と鳴く不気味な鳥の声は、まさかフクロウのものだろうか。

吉沢さんがかざしている懐中電灯の灯りだけが頼りで、辺り一面が黒い布をかぶせたように何も見えない。こう遅いとどの門も閉まっているので、新歓コンパで先輩に教えてもらった、西11号館の裏にある秘密の抜け道を使って侵入に成功した。

り、り、りと虫の音色、藪《やぶ》の中でかさこそと何かが這い回る音。土の甘さと濡れた枯れ葉のすえた臭い。嗅覚も触覚もフル活用しないと追いつけそうにない、真夜中の森の情報量に習子は圧倒されている。見慣れたはずのキャンパスが壮大な秘密を秘めた、神聖なる場所に思えてきた。とろりとした冷気に何かがうごめく感覚。ウィキペディアの情報通り、本当に狸やテンやハクビシンが生息しているのかもしれない。指先が震え、不安と興奮で自分が自分でなくなりそうだ。人間のものではない未知のパワーが立ち込めているとしか思えない。やはり、誰もが言うように、うちの大学は普通と違うのかも。

その時、ようやく視界が開け、光が差し込んだ。

「吉沢さん、ここです。ここがその池です」

満月の光に照らされた血洗いの池は、いささか作りものめいて見えるほどに暗くて不気味だった。まるでディズニーランドの『カリブの海賊』のニューオーリンズの海みたいに。赤穂浪士の伝説もあながち嘘ではないかもしれない。昼間はさほど気にならない生臭さが、辺りにぷんぷん漂っていて、地獄の入り口のようだ。

池のほとりはぬかるんでいて、一本だけ持っていたデニムと体育用のスニーカーを履いて来たというのに、何度も滑りそうになる。吉沢さんが、こちらの肩を支えた。

「やっぱり、ゴム長靴は君が履いた方がよかったね。悪かったよ。こんなことに付き合わせて。でも、いても立ってもいられなくて――」

吉沢さんの息が頬にかかる。驚くほどそばに顔があって緊張した。彼の気迫に負け、こんなところまで来てしまったのだけれど、人気のない場所に異性と二人きりなんて大丈夫なのだろうか。だいたい、好きな女の元彼との思い出の品を、わざわざ夜中に探しに行くなんて、まともな感覚じゃない。一体全体、どうしてここまでするのだろう。

「いえいえ、あの、池に入るのは吉沢さんなわけだし、私はただの案内なわけだし」

「それにしても、よくこれだけの物が家にあったよなあ」

ゴム長靴、タモ、マスクシュノーケルセット、懐中電灯。真夜中の池さらいに必要なものがすべて、靴箱の中に申し合わせたように揃っていた。

「姉、一時期、ホタルイカ釣りに凝ってたことがあってその時揃えたんですよ。明け方、長津田さんとバイクでよく木更津《きさらづ》に行ってたんですよねえ」

口を滑らせたことに気付き、しまった、と吉沢さんの顔をうかがう。闇の中で彼が困ったように微笑んだのがわかった。ワイシャツにスーツのズボンという出で立ちにシュノーケルを身に着け、タモを片手にざぶざぶと池に入って行くのを、習子はなす術もなく見守るしかない。こんなに暗くて広い池で、小さな金属が見つかるとはとても思えなかった。

「指輪、どの辺に捨てたんだっけ」

早くも吉沢さんの腰から下が消えている。彼が歩いた場所から、いくつもの円が池全体に放たれていく。

「確か、あの蓮の花の辺りでしょうか」

お昼過ぎの記憶をぼんやり辿る。わずか六時間前は、すぐそばの中央教育研究棟で映研メンバーとだべっていたなんて。池の周りはいっそう空気が冷たく、習子は小さくしゃみをした。

「きっとお姉さん、俺といても物足りないんだと思うよ」

蓮の花の周辺をタモでかき回しながら、吉沢さんが言った。もはや胴回りまですっかり池に浸かっている。

「俺、早稲田在学中は本当にモテなかったから」

「え、嘘！　そんな風に見えない」

「俺みたいなひねりのないタイプは、早稲田では全くモテないんだよ。初めて彼女ができたのは社会人になってからなんだ」

「信じられないです」

「面白い大学に行けば、自分も面白くなれるはずだと思っていたけど、そうでもなかったんだ。どこに行っても自分は自分だよ」

その言葉は胸に刺さった。暗闇とシュノーケルセットのせいで、吉沢さんの表情は読み取れない。

「長津田君……ね。ああいう個性的なアウトロータイプって、大学で人気あったなあ。何年も留年して、卒業しても絶対に就職しないタイプ。輝いているんだよなあ、学生の間は。ああいうタイプに早稲女は弱いんだ。俺はいじいじ嫉妬していたもんだよ。学生時代の惨めさをバネにそれなりに頑張ってきたつもりだったけど、まさかこの歳になってもあの手のタイプに負けるなんてね」

吉沢さんの声は水面に反響し、かすかなこだまになっている。

「でもさ、長津田君が忘れられないなら、香夏子ちゃんは気が済むまで好きでいればいいんだよ。その時まで、指輪を持っているべきだと思うんだ。それから、俺を選んでもらえれば、本望だよ。もう、あの頃みたいに腐りたくないいんだ」

　習子は言葉を失った。

　つまらないとか、平凡だとか。他人を自分のものさしで決めつけていた自分はなんて愚かだったんだろう。姉もそうだ。もし、指輪が見つかったなら、ビシッと言って突き付けてやろうと思った。吉沢さんの面白さと凄さに気付かない、お姉ちゃんこそ超つまんない女だよ、と。

「しーんとして怖いなあ。ね、何か歌ってもらえないかな」

「え、歌ですか？」

「なにか、こう、力が出そうな歌を頼むよ」

「ええと、じゃあ、その……うちの大学の院歌にしようかな」

　習子は咳払いをした。この池に漂う不穏な空気を振り払うにはそれしかないと思った。歌唱力に自信はないけれど、観客は一人だけだし、と言い聞かせて声を張り上げる。

「もゆる火の　火中《ほなか》に死にて
　また生《あ》るる　不死鳥のごと
　破《や》れさびし　廃墟の上に

たちあがれ　新学習院」

自分の声が暗い森の隅々にまで響き渡る。背後の藪でバサッと何かが飛び立つ音がした。心なしか木々が揺れ、水面がさざめいている気がする。なんだか感動してしまう――。森全体が伴奏を奏でてくれてるみたい。吉沢さんはびっくりしたような声をあげた。

「うわ、結構、強そうな歌詞だね。びっくりした。学習院のイメージが吹っ飛んだよ」

すっかり気分がよくなって、二番を歌い出す。

「花は咲き　花はうつらふ

過ぎし世の　光栄《はえ》ふみしめて――」

歌ううちに、唐突にある光景が蘇ってきた。

幼い頃、父と姉と三人で潮干狩りに出かけた日のこと。上半身裸になってジーパンの裾をめくり上げた父が、突然こう言ったのだ。

――香夏子も習子も、海に入ろうよ。冷たくて気持ちいいよ。泳ぎ方を教えてあげよう。

服が濡れたら母に叱られる。帰りはどうなるの。そんな気持ちから、習子だけは頑なに海に入ろうとしなかった。実際、水は冷たそうだったし、Tシャツと短パンのまま泳ぎ回る姉は浜辺の人達にじろじろ見られていた。結局、父に泳ぎを教わることはなかった。姉が十三歳、習子が十歳の時に胃がんで亡くなったから。

「死んだ父は姉の方が私なんかより、ずっと可愛かったんですよ」

気付いたら、そう叫んでいた。

「私なんかよりずっと。だって、姉と父はそっくりだったから。父も早稲田を出てたんです。怖いもの知らずで、負けん気が強くて、いつも何かと闘ってた。羨ましいくらい仲良しで、二人で議論したり、将棋を指したり、色んなチャレンジをして母に叱られてました」

吉沢さんは何も言わない。峰岸の、いや、父の顔がありありと浮かんできて、目頭が熱くなった。ううん、わかっている——。父は姉妹を分け隔てなく愛してくれていた。ただ、習子には二人の親密な空気がずっと羨ましかったのだ。似た者父娘《おやこ》が羨ましかった。戻れるのなら、あの春の海辺に戻りたいと思う。そうしたら、冷たい海にでもなんにでも飛び込むのに——。もし、あの時父と泳いでいたら、自分はこんなつまらない人間じゃなく、刺激に満ちた人生を送っていたはずなのに。

「あの、さ、大事な話をしているところ、本当に申し訳ないんだけど」

遠慮がちに吉沢さんが口を開いた。

「俺、脚がつったみたいなんだよ。本当に申し訳ないんだけど、助けてもらえないかな」

「えっ」

一瞬意味がわからなかったが、震える声で事態の深刻さが飲み込めた。どうしよう

——。逃げ出すわけにはいかない。姉を、家族を、こんなに大事に思ってくれている人だ。見捨てられるわけがない。意を決して習子は息を吐く。目をつぶると、ざぶざぶと池の中に入って行った。なんて冷たさだろう。デニムが濡れて太ももにへばりつくことは考えまいとする。水中はみっしりと藻が渦巻いていた。あまりの生臭さに、執事カフェで口にしたスコーンセットをもどしそうになる。

——うわあ、気持ち悪い。

下半身がぬるぬるした嫌な感触に包まれていく。顔をしかめながら、やっと吉沢さんの側まで辿り着き、胴回りに手を回し、夢中で引っ張る。

もうこりごりだ。冒険とか人と違うとか。習子はつくづく実感した。自分は穏やかな生活が似合っている。父や姉とは人種が違うのだ。こんな夜中に、訳のわからない沼になど入りたくない。それと、もう一生、もずくととろろ昆布は食べられない。

だけど——。もしかして、この夜のことは一生忘れられないかもしれない。三十歳になっても、四十歳になっても、大学時代のことを思い出すとしたら、今夜のことを思い出すのかもしれない、と思った。

血洗いの池はぽっかりと、満月を飲み込んでいた。

7

西2号館の教室の一番後ろの席で、習子は大あくびをしながら予鈴を聞いていた。学生達が次々と教室に駆け込んでくる。いつも通りの光景が今日は特別に見えた。

明け方近くまで吉沢さんと血洗いの池にいたせいで、ほとんど眠れなかった。朝の光に包まれたキャンパスは穏やかで、壁一面の窓から見える木々はそよそよと揺らいでいる。昨夜の恐ろしくも神秘的な光景が全部夢に思えてしまう。

「おはよう。どうしたの？　考え込んじゃって」

顔を上げると、教科書を手にした賢介が不思議そうな顔をしてこちらを覗き込んでいた。

「おはよう。いや、ちょっとね」

隣に座った賢介に小さく笑いかけた。

吉沢さんはマンションでシャワーを浴び、習子の一番大きめのスウェット上下を借りて、決まりの悪そうな顔で何度も謝りながら帰って行った。眠りこけている姉を起こして、嫌みの一つも言ってやろうとも思ったのだが、疲労はもはや限界で、姉の左手薬指に探し出した指輪をはめてやるのがやっとだった。お風呂から出ると、すぐにベッドに倒れ込んでそのまま眠りに落ちた。朝起きると姉の姿はなく、携帯電話に「ありがとう」と一行だけメールが入っていた。

「絶対にうちの大学の森、なんかいるよなあ、と思ってたの。人間の力の及ばない、神様みたいな存在っていうのが」

信じられないことに、指輪は蓮の花の中に落ちていたのだ。せっかく死ぬ思いでお腹まで池に浸かったのに。脚のつった吉沢さんに代わってタモで泥水をすくったのに。拍子抜けもしたし、地団駄を踏むほど悔しくもあったのだが、すぐにどうでもよくなった。朝日を浴びて花びらの中で輝く指輪は神々しいほど綺麗で、奇跡みたいだったから。

「それ、なんかわかるよ。うちの大学って絶対に何か棲んでるよな」

見ると、賢介は見たこともないほど真剣な顔で身を乗り出している。習子は面食らって、次の言葉を待った。

「ねえ、シュウシュウ。絶対に絶対に笑わない?」

「う、うん、笑わないよ」

「俺、トトロ見たことがあるんだよ。うちの大学の森でさ……」

習子が目を見開くと、賢介は瞬く間に真っ赤になった。ムキになったように、恐ろしい早口でまくしたてる。

「本当に見たんだよ。先月、小さいトトロと中くらいのトトロが並んで森に出かけるところをさ。見間違いかと思ったんだけど、三谷幸喜《みたにこうき》が何かのエッセイで書いているのを読んだんだ。トトロを見たって。やっぱりいるんだよ！」

大真面目な賢介の顔を見つめているうちに笑いがこみ上げてきた。

ああ、おかしい。そうそう。学習院の子は決して自分を特別だとか、面白い人間だなんて思わない。個性で勝負しようとしない。おっとり穏やかに思いやりを持って生きているからこそ、時々これほど破壊力のあるボケをかませるのだ。私がツッコミ役になれば、愛をもって観察すれば、きっとこの人の面白さや個性も生きてくる。

何かが来るのを待っているより、自分からすすんで周囲をイジっていこう。美味しくしていこう。大丈夫、上品で知的な学習院女子は毒を吐こうが、男を言い負かそうが、早稲女みたいに痛々しいことにはならない。多少の冒険や遊びは許される。なんといっても日本を代表する絶対安心老舗ブランド校なのだから。それにあの不思議な森が絶対に見守っていてくれるはずだ。お父さんみたいに――。

「なんだよ、笑わないって言ったじゃないか！　ひどいよ、シュウシュウ！　なんか今日におうし！」

お風呂でよく洗ったはずなのに、血洗いの池のにおいが全く落ちなくて、なんだか無性におかしかった。

希望の明星仰ぎて此処に

1

——大変申し訳ないお知らせですが、「いちのせ」年間スケジュール手帳は、今年から生産数を大幅に減少しました。つきましては本店までお問い合わせ下さいませ。

慶野亜依子《けいのあいこ》は我が目を疑い、京都生まれの老舗文具メーカー「いちのせ」のホームページのぴしゃりとしたお詫び文に釘付けとなる。大学四年の卒業旅行で、四条河原町《しじょうかわらまち》の本店で出会ってから、かれこれ六年間も愛用し続けてきた手帳が突然手に入らなくなるなんて。あまりのショックに、タンブラー型のマイナスイオンスチーマーを危うく倒しそうになる。十二月半ばになったというのに一向に伊東屋《いとうや》の棚に並ばないから、不安になってサイトをチェックしたらこの有様だ。防水加工キャンバス地の表紙は汚れを寄せ付けず、12センチ×18センチという絶妙のサイズ、インデックスシール付き、時間刻みでスケジュールを記入できるし、地下鉄路線図、基礎体温や月経周期を記録するグラフやツボ押しの指南図まで付いているのだ。そして、亜依子にとって最も大事な書き込み式のページ「五年先のプランのために今何をすべきか」。何もかも上手くいかなくて、すべてを投げだしたくなった時も、あのページを開き、年の初めにリストアップした項目を見るだけで背筋がしゃんと伸びた。就職活動も社会人生活も、一度もつまずくことなく今日まで生きてこられたのはあの手帳のおかげといってもいい。どうしよう、似たものを探すしかないのか。そんなに簡単に代わりが見つかるわけないのに――。神様はどこまで自分に試練を与えれば気が済むのか。とにかく本店に問い合わせるしかないけれど、配送の類は行っていない、とある。京都に行くほかない、ということなのか。

「慶野、慶野、聞こえてる？」

澤木《さわき》部長の声で、ようやく我に返る。よほど考え込んでいたのだろう。部長とリクルートスーツ姿の女の子が、真後ろに立っていたことにもまるで気付かなかった。慌ててサイトを閉じ、椅子ごと振り向く。四つのセクションが一つのフロアに集まった営業部の喧噪が一度に押し寄せてきた。

「彼女、来年入社予定の早乙女香夏子さん。編集希望でずっとうちの書籍編集部でバイトしてたんだけど、どうしても入社前に営業部も見ておきたいっていうからさ。お前、来週から仕事納めまでの十日間だけ面倒よろしく頼むよ。卒論も提出済みらしいから、週三回は出社できるそうだ。書店まわりに連れて行ってやれ」

この忙しい時期に突然そんなことを言われても困るのだが、亜依子は唇の両端をキュッと持ち上げる。職場ではNOを言わないと決めていた。慶應《けいおう》義塾《ぎじゅく》大学ミスコン出場経験者の美貌に加え、中高六年間バレー部で鍛えた男顔負けのガッツと細やかな心配りがあるからこそ、亜依子は永和出版営業部きってのマドンナとして、尊敬と憧れを集めているのだ。しかし、ぺこりと頭を下げた女子大生の言葉に、一気に血の気が消え失せた。

「慶野先輩、よろしくお願いします。早稲田大学教育学部国語国文学科四年の早乙女香夏子です。雑用でもなんでも使って下さい。迷惑かけないように頑張ります」

間違いではない。この子が洋一《よういち》を奪った女だ――。動揺を悟られまい、と一層強く口角を上げ、上から下まで彼女を観察した。野暮ったいリクルートスーツにつま先のすり切れたローファー、ゴムでまとめただけのパサついた髪、顔立ちは悪くないけれどすっぴんにソバカスはいただけない。おまけに口の周りには吹き出物が目立っている。毎晩毎晩、安い居酒屋を飲み歩き、欲望のおもむくままネットサーフィンで明け方まで起きているプライベートが目に浮かぶようだ。黒いバッグの中からは、ぼろぼろの岩波文庫が覗いていて、ページの折り目が見え、たちまち嫌な気分になった。こんな「いかにも」な早稲女に自分は負けたのか。心の芯がぽきりと折れ、喉元にせり上がってくるようだ。

「うわ、有森樹李先生の『映倫』ですね。これ、実際に起きた事件なんですよね。七〇年代の映画業界がよく描けてますよねえ。もしかして、慶野先輩がご担当されたんですか？　私、この本大好きなんです。この赤い帯、書店ですっごく目を引きますよね」

さほど売れた本でもないのに、嬉々として知識をひけらかす様が、うざったい。

こちらのデスクに並べた書籍を見ては、嬉しげに声をあげる香夏子を、亜依子はこっそりと睨み付ける。イオンスチーマーの蒸気が立ちこめているはずなのに、口の中がからからに渇いていた。

同期の恋人、吉沢洋一に一方的に別れを告げられ、そろそろ三ヶ月が経つ。

2

「7」を塗り潰して、リーチ、と口に出しかけてやめた。結婚式の二次会ではしゃぐ年齢でもなくなったし、賞品のディズニーランドペアチケットなど欲しくもない。クリスマスシーズンのまっただ中、一体どこの誰と一緒に行けばいいというのだ。

「うげえ。なんなのよ、その早稲女。しゃあしゃあとして、なにが『先輩』よ。一見モテない風なくせに、変に母性を発揮して男を搦《から》め捕るビッチっているよね。ま、どーせ、クズにしか通用しないんだけどさ。貧乏くさい手段よ」

「信じられない。私、吉沢さんを見損なった！　いい人だと思ってたけど、別れて正解よ。そんな相手になびくぐらいだから、所詮自分より上の女は認められない、高慢ちきなんだよ。亜依子は美人で頭もいいんだから、もっとふさわしい相手がいるって。だいたい吉沢さんなんて元はデブだったくせにさ」

ソファ席でビンゴ用紙の数字を塗り潰しながら、中学からの親友、駒子《こまこ》と聡美《さとみ》は、こちらの負の感情を肩代わりするかのように悪口を吐き続けている。やっぱり友達だなあ、と亜依子は深く感謝しつつ、ダイキリを飲み干した。同時に、二人とも本音ではずっと洋一を良く思っていなかったのか、と思うと力が抜けていく。確かに、早稲男と付き合った慶女なんてこの会場でも自分くらいだろう。

失恋したばかりなのに仲良しグループの一人が結婚だなんて、と出席をおっくうに思っていた自分が恥ずかしい。とうとう仲間内で唯一の独身になってしまったけれど、誰も亜依子を見下したりなんかしないのに。中高大ではぐくんだ女同士の絆は永遠だ。はるか遠くにいる、ウエディングドレス姿の明美《あけみ》までもが、新郎の隣で励ますように小さく手を振っている。

披露宴会場のザ・リッツ・カールトン東京からほど近い、六本木《ろっぽんぎ》交差点前のイタリアンレストランの二次会には、中学時代の同級生から文学部社会学専攻のゼミ仲間まで、懐かしい顔ぶれが溢れている。慶應の卒業生の愛校心や連帯感はどの大学のそれよりも強い。湘南藤沢《しょうなんふじさわ》で中学、高校時代を送った者にとってはなおさらだ。同窓会に結婚式。集まる機会さえあれば皆、スケジュールをやりくりし、必ず駆けつける。誰もかれもが人も羨む花形職に就き、多忙な日々を送っているというのに。

「この中に、亜依子ファンが何人いると思ってるの？　その気になれば、すぐにでも次の彼氏できるんだからね」

聡美の力強い励ましに一応礼儀として、

「そんなことないよ」

と困った顔で微笑んだが、自分の魅力は十分過ぎるほどよくわかっている。現にあの頃と変わらず、何人もの男達の眩しげな視線がこちらに吸い寄せられていた。シャンデリアの光は、母のお下がりであるゴールドのネックレスを薄闇に浮かび上がらせる。ディオールのミニドレスからすらりと伸びた脚とヘッドドレスで剥き出しにしたぴかぴかの額、よく手入れされた波打つロングヘアがとびきりの輝きを放つから、アクセサリーは別にクラシックでも構わないのだ。多少高くても、お手入れを怠らずにいいものを長く使うのがモットー。いつか娘が生まれたら、二年目のボーナスで買ったこのディオールを受け継がせたい。母や祖母が自分にそうしてくれたように。

「そうそう、西本《にしもと》君だっていまだにあなたに未練たらたらって噂だよ。今日出席できないのも、あなたに会ったら気持ちが抑えられなくなるからじゃないの？　ラオスに買い付けなんて嘘に決まってる」

「そうよ、亜依子。次にいこう、次！　振り向いてる時間なんて無駄よ！　よければ私が誰か紹介するよ」

駒子は元ゼミ仲間であるフィナンシャルプランナーの渡辺《わたなべ》君と結婚し、現在は一児の母にして名門私立女子校の教師。聡美は高校の頃から交際している宮部《みやべ》君と彼のＭＢＡ取得を待って昨年入籍、現在は大手銀行の総務部を育児休暇中。本日の主役である明美は化粧品メーカー広報で、お相手である元クラスメイトの伊藤《いとう》君は弁護士。いずれの夫も同学年で仲が良い。今も、渡辺君と宮部君は肩を組んで新郎をしきりに冷やかしている。

「ありがとう、二人とも。でも、今はね、ちょっとそういうの、お休みしようかなって思ってる。仕事も忙しいしね」

唇の端をキュッと持ち上げて笑い、二人がそれ以上何か言うのを阻止した。励ましはありがたいけれど、とてもじゃないが今は気持ちがどこにも進まない。そんなの自分らしくない、とわかってはいるのだけれど。次々にカクテルのグラスを空ける亜依子を前に、友人二人は心配そうに顔を見合わせている。

一見きらびやかな慶女こと慶應女子だが、実際は努力家で生真面目だ。生まれながらの才色兼備として羨望の目を向けられることが多いものの、こちらとしては努力もしないで羨むばかりの人種にはうんざりさせられている。慶女は何においてもまず準備や予習、確認を怠らず、トレーニングや勉強を日常にごく自然に組み込む。そして、無駄な時間や回り道を徹底的に避ける。それは恋愛にも言えることだ。華やかな美人が多く、お洒落や美容にも気を遣うから、いかにも経験豊富そうに見えるけれど、在学中に知り合った恋人と卒業後も付き合い続け、結婚に至る堅実なカップルがとても多い。実際、亜依子も洋一以外には西本良介《りょうすけ》としか付き合ったことがない。高校二年から大学卒業間際まで続いた初めての恋人。美男美女の似合いのカップルと祝福されていたけれど、卒業後は就職せずに起業するという彼の考えに危なっかしいものを感じ、こちらから別れを告げた。彼を嫌いになったわけではなかったので、あの時は自分の割り切り方をあまりにも冷たく感じ、かなり落ち込んだ。それでも、選択に後悔はない。

恋愛するからには、将来を見据えて付き合いたい。そう考えれば、いくら若さや美しさでもて囃《はや》されるからといって、浮ついた気持ちではいられない。時間は限られているのだ。

「ねえねえ、駒子、二人目は？　育休とれそう？」

一向に乗ってこない亜依子をあきらめたのか、仲間達はさっそく話題を変えている。

「うーん。学校勤めの難しいところよ。保育園の順番待ちよりなにより、学期の途中で妊娠すると嫌な顔をされるのよね。つまり、四月から産休を取ることを逆算して考えると……」

駒子は両手を広げ、ひいふうみいと律儀に指を折り始めた。逆算して考える、は亜依子達にとっては口癖のようなものだ。

亜依子の周りの慶女は、五年、いや十年先を見据えて慎重に行動している。都内に家を買い、子供を二人産み、大学に行かせ、仕事を定年まで続けるとなると、必然的に今すべきことは見えてくる。福利厚生がしっかりした女性が働きやすい職場を選ぶこと、二十八歳までに結婚、三十歳までに一人目を出産。その予定が白紙になった今、亜依子は生まれて初めて途方にくれている。駒子達のやりとりが遠くに感じられるのは、どうやらダイキリのせいだけではなさそうだ。いつもなら、いずれ自分も乗り越えねばならない壁として身を乗り出して聞き入るところなのに。

洋一に会いたい——。今すぐに。

胸に湧いた思いは、お酒と一緒に体中をどくどくと駆け巡る。ちらりとカルティエの時計に目をやると、九時を少し回ったところだった。洋一のマンションは乃木坂《のぎざか》だ。正直なところ、二次会の案内をもらった時から、そのことがずっと頭にあった。ここから歩いても行ける距離だと思うと、心が浮き立つのを抑えられない。理屈で片付けられないほどの高揚感に、気付けば腰を浮かしていた。

「そろそろお開きだよね。やり残した仕事を思い出しちゃったの。私、会社に戻らないと。明美によろしく」

「ええっ。そんな、急にどうしたのよ。今日は土曜日じゃない」

駒子も聡美もしきりに引き留めたがやんわりと振り切って、半ば駆け足でエントランスへと向かう。この思いをどんなに説明しても、わかってもらえるはずはない。前だけ向いてまっすぐに進む慶女達には。

新郎の仲間の一部が酔って歌い出した『若き血』が背中を追いかけてくる。

「若き血に燃ゆる者
光輝みてる我等
希望の明星仰ぎて此処に
勝利に進む我が力

常に新し
見よ精鋭の集う処
烈日の意気高らかに
遮る雲なきを」

力強い歌詞に励まされる気分だった。バレーの試合前の緊張と静けさを思い出す。

重たい扉を左右に押し開けると、埃くさい冷気が容赦なく顔を叩き、酔いを吹き飛ばした。ミニドレスにファーのジャケットでは寒くて仕方ない。六本木通りでタクシーを捕まえ、膝頭を揃えて乗り込むと、暗記している洋一の住所を告げて座席に背中を預けた。

胸がどきどきしている。後先考えず衝動に従うなんて。こんな冒険は初めてだ。犯罪街の夜を駆け抜ける、女探偵の気分といったら言い過ぎだろうか。

「お客さん、女子アナさんかなにか？　テレビ局が近いから、綺麗な人を乗せることが多いんだよね」

今夜の計画を巡らしているというのに、運転手のお世辞がうっとうしくて仕方ない。

母には同級生の家に泊まるとでも言えば良い。学生時代は門限を一分過ぎるだけで平手打ちを食わせていた父も、こちらが社会人になってからぐっと物わかりがよくなっている。

営業ゆえ酒は強いが、酔ったふりならできる。何が起きようと、すべてお酒のせいにしてしまえばいいのだ。どれほど浅ましいことをしようとしているか、今は考えまいとして、外の闇に伸びていくネオンの帯を目で追った。

洋一とは大学在籍中、永和出版の内定者懇親会で知り合った。かれこれ五年以上付き合った計算になる。もっさりとした体型の冴《さ》えない早稲男——。第一印象は決して芳《かんば》しいものではなかったけれど、同期の男達の物欲しげな視線やとってつけたような自己PRに辟易していた亜依子には、控えめに頷き、突き出しの小鉢まで綺麗に食べる東北生まれの彼は新鮮に映った。博識なのにそれをひけらかさない姿勢にも好感を抱いた。そして、入社後の研修で見せた、思わぬほど頼りがいのある内面に心を打たれ、配属先が決定した日、こちらからメールアドレスを聞いたのだ。半ば亜依子が押し切るような形で進めた交際だった。営業部と編集部、部署が違えばなかなか会うチャンスもないだろうし、これから始まる入社一年目の激務を考えると、告白させるためにぐずぐず時間をかけてなどいられない。恋の駆け引きは、昔から大の苦手だった。

慶應の男にはないマイペースで素朴な人柄が、自分にはよく合っていると判断したのだ。口にはしないが、彼となら、いつか素晴らしい家庭を築けるだろう、という確信もあった。部屋にこもりがちなオタク趣味と野暮ったい外見は、こちらの頑張り次第でいくらでも改善できるだろう。

——亜依子がいいなら、なんでもいいよ。

付き合っていた頃の洋一の口癖だ。亜依子はまず、洋一の部屋に溢れた本や雑誌やD

VDを大幅に処分し、ジャンクフードの類を禁止した。週末はつとめて外出させる機会を作り、ジムに入会させ、出社前には一緒に皇居を走った。洋一の体が引き締まるやいなや、人気美容院に予約を入れ、伊勢丹《いせたん》メンズ館に引っ張って行き、上から下までコーディネートした。洋一が永和出版きっての爽やかなイケメン編集者として評判になった時は、得意な気持ちでいっぱいだった。彼の良さにいち早く気付いた自分の目の確かさとコーチングを自慢したくてうずうずしたが、決して社内の人間に交際をほのめかしたりはしなかった。すべては婚約が決まってからと気を引き締め、それまで以上に仕事にも力を入れたものだ。最初は職場で空回りしがちだった亜依子を、彼は献身的に励ましてくれたっけ。

——亜依子は誤解されやすいんだよな。本当は誰よりも努力家なんだよ。だけど謙虚《けんきょ》だから、皆は君をスーパーマンかなんかだと思っているんだ。

努力が実り、担当した本を二回もベストセラーにし、営業部でも一目置かれる存在となった。洋一と互いの友人や家族を紹介し合い、すべては順風満帆《じゅんぷうまんぱん》だと思っていたのに。

——好きな子ができたんだ。悪いけど、もう亜依子とは会えない。僕達、もともと合わないんだよ。本当にごめん。

あの時の衝撃はいまだに忘れられない。聡美ら夫婦と、等々力《とどろき》のテニスコートでダブルスをした帰り道、彼は重々しい口調でそう告げたのだ。こちらの追及に負け、洋一はようやく白状した。相手は来年入社してくる予定の早稲田の後輩。ずっと編集部でバイトをしていた彼女が内定を得るまで相談に乗るうち、自分の気持ちに気付いたのだそうだ。その早乙女香夏子という名は、確かに何回か会話に出てきたかもしれない。

悲しみより怒りが先だった。よりにもよって、この慶野亜依子が負けるなんて——香夏子という女は本当に苦手なタイプだ。男の目など気にかけない自由奔放さ、三枚目を気取りたがる自虐癖、生活態度のだらしなさがどうにも癇《かん》に障る。そのくせ、妙に雑学やアイデアが豊富で、美味しいところをかっさらうのだ。女だったら闘わなければいけないプレッシャーにくるりと背を向けて気ままに生きている風を装うところが嫌みったらしい。

あの時、泣いて洋一をなじることができていたら、どんなによかったか。そう、人生最大のショックに直面したというのに、いつもの癖で亜依子は冷静に計算してしまったのだ。

このまま彼を逃してはならない。むろん、自分の魅力は百も承知だが、今から洋一と同レベルの男を探すとして、結婚に至るのにどれくらいかかるのだろう。「いちのせ」の手帳に書き付けた五年計画が、頭をよぎる。一時の激情に駆られて洋一を完全に手放すべきではない。どうにかして、逃げ道を用意しなくては。

——わかった。洋一がそう言うのなら、仕方ないね。いい友達でいよ。ね？　これからもなんでも相談してね。

爽やかに微笑んで、さっと身を引いたのは我ながら賢明だった。洋一のあの困惑した表情！　これで亜依子との日々は、彼の中で美しいまま終わる。復縁への抵抗がなくなるというものだ。どうせ早乙女香夏子とやらとは長く続くまい。向こうは内定のサポートをしてくれた先輩にのぼせているだけで、もうじき始まる入社一年目の激務に追われて、心がすれ違い、半年以内に自然消滅になるだろう。目まぐるしい業界で愛をはぐくめるのは、自分のように計画的な人間だけ――。

タクシーは青山《あおやま》霊園の暗闇を通り過ぎた。ここまで完璧なままの復縁プランを、今まさにぶちこわしにしようとしていることに一瞬躊躇したが、亜依子は息を止めて携帯電話を手にする。数回の呼び出し音を祈るような気持ちで聞いた。

「亜依子？　どうしたの？」

たった今、起きたばかりのようなくぐもった洋一の声。かすかに滲んだ迷惑そうな色を感じまいと、ことさら元気に声を張る。

「ねえ、洋一、これから会いにいってもいい？　タクシーですぐそばまで来てるの。今、明美の式で……」

「……そういうの、もう困るんだ」

付き合っていた頃からは想像もつかない、戸惑った遠い声だった。タクシーはキキッと闇を切り裂くような音をたてて停車した。料金を払い、領収書を受け取ると、後部座席のドアから足を放った。

「なーんてね、実はもう一階にいるんだっ。ここまで来たのに追い返すとかナシだからねっ」

わざと強く笑ってみせ、洋一の住む七階建てのマンションを見上げる。ざまあみろ――。そんなに楽に別れてやるものか。髪を払い、腕をぐるんと回すと、エントランスを突っ切り、インターホンを押す。無視されたらどうしようと不安だったのだが、ちゃんと自動ドアは開かれた。

エレベーターを降りると、まっすぐに洋一の住む部屋へと向かう。ここに来るのは久しぶりだ。屋外の廊下から見える東京タワーに思わず足を止める。この部屋を最初に訪れた夏の日のときめきと喜びが蘇ってきて、涙が滲みそうになった。あの日々を取り戻す。なんとしてでも。大丈夫。今まで望んで叶わなかったことが一度でもあっただろうか？

「こんばんはー。あはは、酔っ払っちゃった」

遠慮がちに開いたドアの隙間に無理矢理体をねじ込んだ。玄関には上下スウェット姿の洋一が困った表情を浮かべ、裸足のまま立ち尽くしていた。亜依子を部屋に入れたくないのははっきりと見てとれたが、怯んでいる場合ではない。

「そんな顔しなくても、お水もらったら帰るわよ。え、なに、もしかして、今彼女来ているとか？」

いるならいるで構わない。あの早乙女香夏子に、自分という存在を知らしめてやりたくて、うずうずしている。追っ払う自信はあった。

「あ……。さっき帰ったところ。明日も営業部で何か特別研修とかっていうのがあるんだろ？　だから早く帰って準備がしたいって」

「特別研修？　なに言ってるの。明日は日曜じゃ……」

亜依子は言いかけて、口をつぐんだ。やたらと前のめりな香夏子のことだから、勝手に用事を見つけて出社していたとしても不思議はない。まったく――。少しは空気を読んで欲しい。後輩が出勤しているのに、指導係に任命された自分が休んでいたら、他の同僚がどう思うかということに考えが及ばないのか。それに、用もないのにだらだらとオフィスに残る人種が昔から好きではない。本当に会社に貢献したいのなら、ノルマをてきぱきとこなしてすばやく退社し、プライベートの時間を使って勉強や情報収集に努めるべきだ。

パンプスを揃えて脱ぐと、彼の横をすり抜けリビングへと素早く進んでいく。すれ違い際に、洋一の髪から煙草の匂いが立ち昇ったことに気付いた。禁煙させたはずなのに、また吸い始めたのだろうか。社内ではわからなかったが少し太ったようだ。無精髭が目立ち始め、顔まわりが緩んでいる。前髪もそろそろ切るべきではないだろうか。なんだか、亜依子と出会う前の洋一に逆戻りした気がする。

「うわっ。なにこれ、汚いっ。こんなんでよく彼女呼んだわね」

八畳ほどのリビングに足を踏み入れるなり、亜依子は派手な悲鳴をあげた。プラズマテレビの周りは、DVDが散乱している。壁を覆うほどの本棚からは書籍が溢れ、床にいくつもの塔を作っていた。グラビアアイドルや女優の写真集までが散らばっていて、顔をしかめる。しばらく来ない内にまた物が増えた。なんとなく埃っぽい。ソファの前に置かれた低いテーブル上のMａｃを取り巻くように、デリバリーピザ、プリングルズや歌舞伎揚げ、冷凍のたこ焼きや発泡酒などの残骸《ざんがい》が広がっていた。洋一はぼそぼそと弁明している。

「あの子、家でのデートが好きだから。ついつい、物が増えちゃって。雑誌読んだり、写真集とかＹｏｕＴｕｂｅを見てればそれで満足なんだって」

あの子、という単語に滲んだ愛おしさがぐさりと刺さり、亜依子はソファの上を覆う雑誌や本を乱暴に掻き分けると、どさっと腰を沈めた。付き合っていた頃、洋一と家デートなんて滅多にしなかった。たまに遊びに来ても、モデルルームみたいにぴかぴかで、家具の上に物が置いてあるなんていうことはなかった。不愉快でいっぱいになるのを止められない。亜依子が五年かけて丹誠込めて作り上げた吉沢洋一を、あっという間に元の冴えない早稲男に戻してしまった、早乙女香夏子。自分の居場所をすっかり奪い去られた実感に、必要以上にとげとげしい声が出てしまう。

「なんだか小学生の男の子みたいな遊び方してるのね。女のくせにアイドルの写真集なんて眺めちゃって。なによ。早乙女さんも片付けてから帰ればいいのに……」

「違うよ」

キッチンの方から水音とともに洋一の声がする。

「彼女は片付けるって言ったけど、俺がいいって言ったんだよ。一応営業部での研修初日だから、早く帰って明日に備えた方がいいだろうと思って」

コップをつかんだ彼の手がすっと目の前に差し出された。今すぐしがみつきたい気分だったが、なんとか堪《こら》える。ダイキリをがぶ飲みしたせいで、喉が渇いていたため、コップをひったくると一息に飲み干した。頭の上で遠慮がちな声がする。

「早乙女さんの配属のことで、怒っているんだろ。彼女が君の下で研修することは、全くの予想外だったんだ。ごめん。彼女が出版部長にどうしても営業部で勉強したいって掛け合っちゃったらしくて……。本当にあの子は何も知らないんだ」

「ふーん。偶然にしちゃ、できすぎてるわよね」

「あの子に悪気はないんだ。とにかく本が好きでね。入社前に少しでも使える人材になりたいって一生懸命なんだよ」

文学少女か――。ますます、香夏子という女が嫌になる。洋一は一時は作家を目指したこともあるほどの小説好きだ。どれほど二人の話は合うことだろう。さほど読書好きではないのに出版社に勤めていることが、亜依子の密かなコンプレックスだった。もちろん本を読むのは嫌いではないが、読まなければ読まないで生きていける。古本屋巡りの何が楽しいのかいまだによくわからないし、復刊を待ち望んでいる本も、魂が震えた一冊もない。もともと第一志望のテレビ局に落ちたせいで、慌てて永和出版への就職を決めたのだ。書店員や作家、同僚達の熱っぽい読書トークを聞くと、自分には果たしてこの仕事が向いているのか、本気で悩むことが何度もあった。そんな時も、洋一は優しく励ましてくれたっけ。

——そんなことないよ。亜依子は担当した書籍を何度もヒットに導いているじゃないか。読書マニアにはない、ニュートラルな視点が売り上げに結びついたんだよ。

あの言葉は、全部嘘だったのだろうか。ソファの上に広げて伏せてある裸の文庫本をふと手に取る。ページに折り目が付けてあり、顔をしかめた。何度注意しても、洋一はこの読み方をやめないのだ。本が好きだといいつつ、扱いがぞんざいなのが理解できない。表紙を確認すると中勘助《なかかんすけ》『銀の匙《さじ》』とある。そう、昨日、香夏子の鞄からちらりと見えたものと同じだ。もしかして、彼女がここに置き忘れたものかもしれない。咄嗟に手に取り、洋一が後ろを向いた隙にバッグにすべりこませる。後ろめたさで体が震えたが、からかうような口調で誤魔化した。

「本の帯やカバー外して読むくせ、復活したのね。今の彼女は怒らないんだ。ほんっと似たもの同士だね」

こんな話がしたくて、ここに来たのではない。頭の中が混乱し、それきり言葉が出てこなくなった。ちらりと洋一を見ると、離れた場所に突っ立って口を結んでいる。物腰はおだやかだけれど、亜依子に早くここを出て行って欲しい、という空気を全身から発していた。その様子に泣きたくなり、とうとう言ってしまった。

「なによ、なによ、その目。全部、私がいけないの？　私は何も悪くないのに、二人して——。その子、よっぽどしたたかなのね」

　目頭がじんと熱くなる。付き合っている頃は、こんな風に亜依子が取り乱すと駆け寄ってきてくれた洋一も、今はただ当惑した様子で見つめているだけだ。少し前までは、こちらの意のままに操れた男が、完全な他人になっている。失ってみて初めてわかった。洋一がずっと心の支えだったのだ。替えなど利くわけがない。彼という毛布に慣れきっていたのに、突然身ぐるみはがされて通りに放り出されたのが今の自分だ。この慶野亜依子が、こんな理不尽な目に遭《あ》っていいものなのだろうか。落ち度など全く見当たらない。早乙女香夏子という女にあって、自分にないものとは一体なんなのだろうか。

「亜依子、それは違うよ。したたかなんかじゃないよ。彼女、今まであんまりいい恋愛してきてないみたいなんだよ。前の恋人とも彼の浮気が原因で別れててさ。だから、今度は俺が幸せにしてやりたい、と思うんだ」

　ああ、こんな話は聞きたくない。努力でどうにかなるなら、なんでもするのに。ほんの一瞬、彼にすがってむせび泣こうかとも考えたが、体に残ったプライドをかき集め、必死の思いで立ち上がった。

「わかったわよ。もういい。帰るわよ。こんな汚い部屋、二度とこないわ」

　そう言い捨てると、バッグをつかみ一目散に部屋を後にした。背後でばたんと音をたててドアが閉まる。当然のことながら、エレベーターを降り建物の外に出ても、洋一が追いかけてくる気配は全くなかった。数十分の間に寒さが一段と厳しく、闇が深くなったかのようだ。びっくりするほどに、亜依子はひとりぼっちだった。

泣くまい。今泣いたら、帰宅した時、両親に心配される。明日、目が腫れるかもしれない。感情に任せて行動してもいいことなど一つもないと、たった今、学んだばかりではないか。顔をきっと上げ、力強く足を前に出す。

六本木トンネルのがらんとした空間に、ルブタンのパンプスの足音がやけにくっきりとこだました。

3

視線を下にむけると、亜依子のトッズのパンプスの隣には香夏子のヒロフのローファーがある。すらりと伸びた筋肉質の脚が四本。そこだけ見れば、まるで姉妹のよう。もしかして、この子も何かスポーツをやっているのかもしれない。亜依子は忌々しい気持ちで目を逸らし、車内の中吊り広告を見上げた。ライバルとされる大手出版社の文庫のラインナップを、新宿駅に着く前に頭にたたき込まねばならない。傍らの香夏子は、丸ノ内線に乗り込んでからずっと無言の亜依子におびえるでもなく、ぺちゃくちゃ話しかけてくる。

「いや〜、コテで髪巻くだけで随分変わるんですねー。友達にやってもらったことはあるんですけど、自分じゃ面倒で……」

いかにきつい態度で接しても、動じない香夏子にいらいらする。これでは、自分が悪者みたいではないか。彼女を無視して背筋を伸ばし、販促資料を束ねたファイルに目を落とした。香夏子は特に傷ついた様子もなく、何やら真新しい文庫本を愛おしげに取り出し、カバーと帯を乱暴に外すと、ぱらぱらとめくり始めた。中勘助『銀の匙』。この間、彼の家で見つけたものと同じ。ぎくりとしたので、わざと冷たく言い放つ。

「あなた、ぜんっぜん本に愛がないのね。もっと綺麗に読めばいいのに」

「え、ああ。気になります？　すみません。カバーや帯が付いているとどうしても集中できなくて。これ、愛読書なんですけど、なくしちゃって買い直したんですよ」

文庫本を盗んだのが亜依子だと知ったら、この子はどんな顔をするのだろうか。洋一と同じようなことを言うのが悔しかった。

本に対する愛がないのは自分の方かもしれない。もう、限界。なにもかも投げ出してしまいたい。そんな風に思ったのは初めてで、亜依子は思わず唾を飲む。なにもかも、「いちのせ」の手帳が確保できないせいだ。

——悪いけど、そんな格好じゃ書店まわりには連れていけないわ。何考えてるの？

今朝、週の初めの営業部で香夏子の姿を見るなり、自分でも驚くほど険《けわ》しい声が出た。同僚の何人かが振り返ったせいで、亜依子はさすがに自己嫌悪を感じた。金曜日と変わらないリクルートスーツ姿に、すっぴんのひっつめ髪。香夏子はきょとんとした顔で、自分の出で立ちを見下ろした。

――なにか、まずいでしょうか。面接の時と同じ格好にしたんですけど。

――あのね。それじゃあ、いかにも就活生じゃない。恥ずかしくて書店員さんに紹介できないわよ。いい？　営業っていうのは、社の顔なの。書籍に関する知識も大事だけど、まずは身だしなみよ。来て。

香夏子の腕をつかむと、女子更衣室に引っ張っていった。自分のロッカーを大きく開けると、香夏子は小さく感嘆のため息を漏らした。ハンガーに吊るされているのは、冠婚葬祭用のスーツ、もしものパーティー用にブラックドレス、三種類のスカーフ。旅行鞄には一泊分の着替えと洗面用具が詰まっている。震災に備えて、乾パンや懐中電灯、寝袋を入れたリュックサックを用意してあるのは、我ながらちょっぴりやり過ぎかもしれない。でも、いざという時のためのスニーカー、黒いパンプス、ヒールのあるローファーの三足を備えているのはいいアイデアだ。ドライヤーにヘアアイロン。ストッキングのストックもあるので、女性の同僚によく頼られる。

――困ったら慶野先輩に聞け、って言われている理由がわかりました。すごい……。

――当たり前でしょ。いつどんなアポが入るかわからないのが営業よ。あらゆるケースを想定して、これくらい用意しておかなくてどうするの。

足のサイズが同じなのでローファーに履き替えさせ、胸元にスカーフをあしらってやる。ひっつめの髪をほどいてコテでゆるく巻き、口紅を施《ほどこ》せば、野暮ったいなりになんとか見られるようになった。

　電車が新宿に到着し、二人は地下通路を使って東口の書店へと早足で向かう。新宿区に多数ある書店を効率よく回るには、順番が大切だ。ノルマは十軒。時間は限られている。地下道から直結しているエレベーターで、都内有数の大型書店の三階文芸フロアを目指した。

「まずは店長さんに挨拶。注文書と照らし合わせて在庫と平台をチェック。担当の書店員さんを素早く捕まえるのがコツよ。担当さんの休憩時間をあらかじめ把握しておくとベターね。書店員さんってとにかく忙しいから、ぼやぼやしてると、あっという間に待ち時間だけでタイムオーバーよ」

「え、制限時間があるんですか？」

「他の人はどうか知らないけど、私は設定している。書店まわりに外に出たってだけで満足したくないじゃない。決められた時間でできるだけ手早く用事をこなして、売り場をよく見て担当さんと情報交換、早めに帰社。販促会議に向けての資料も作らないといけないし。ほら、笑って！」

　エレベーターが左右にゆるゆると開くなり、亜依子はたちまち口角を上げ、目を細くする。書店は亜依子にとってステージのようなものだ。新書がずらりと並ぶ棚をつっきり、クリスマスのフェア台のディスプレイを横目でチェックしつつ、店長に挨拶をする。すかさず平台に移動。香夏子に店に出ている冊数を数えさせ、その間に注文書をチエックした。

「うわー、有森樹李先生のこのポップいいですね。書店員さんの愛が滲んでいる。私、デビュー作の『氷をめぐる物語』がすごく好きで——」

「関係ない話はやめて！　数え間違えないでよ」

素っ気なく言い、担当者を目で探す。どうやら、休憩と重なってしまったらしい。ついてない——。戻ってくるのを待つ時間さえ惜しく、次に行く店を先に回ることにする。通りに出、雑踏《ざっとう》を掻き分けながら進んでいると、通りのあちこちからジングルベルが流れてきた。赤や緑のオーナメントが目につく。サンタの扮装の女の子が差し出したティッシュを、亜依子は大きく避ける。香夏子はなんの抵抗もなく受け取り、それで鼻をかんだ。

「有森樹李先生の新作のゲラ、編集部で読ませていただいたんです。発売は二月ですよね～。すごく面白かったです。先輩がどんな売り方をされるのか興味あります」

有森樹李のゲラは預かっているものの、まだざっと目を通しただけだ。それでも、研修生なんかに先を越されたと思われるのが癪で、亜依子は考え考え言葉を繋ぐ。

「そうね。発売はバレンタインの頃だから、情熱的なラブストーリーであることを強調した華やかなポップや帯にしないと……」

「なるほど、皮肉がきいていて面白いですね。直球の恋愛モノを期待して手に取った読者が気持ちよく裏切られるという、見事な販促です。勉強になるなあ」

振り向くと、香夏子は感心したようにうなずいている。亜依子は面喰らった。

「皮肉？　裏切る？」

「ええ。だってすごくビターな物語じゃないですか。ヒロインがどっか冷めているというか、不倫にのめり込む自分を心の中で笑っているというか。結末も思いっきり苦くて、私はそこが好きなんですよ。バレンタイン期に彼氏がいなくてひねくれている人にお勧めしたいなと思って」

なんだか、こちらの読み込みが足りない、と指摘されたみたいで腹が立った。

「何よ。自分の意見を押し付けるつもり？」

「あっ。すみません。そんなつもりじゃ……」

慌てる香夏子に背を向け、大きな歩幅で歩き出す。彼女のこういうところが、いや、早稲女のこういうところが苦手だ。脱線、道草、予定外の行動。魂の自由さ、人と違う自分をアピールせずにはいられないのだ。自分が一番不愉快とするタイプであることを改めて実感する。二人は駅ビルに入り、エスカレーターで二軒目に予定していた五階の書店へと向かう。いざ売り場に足を踏み入れようとした瞬間、入り口付近にずらりと並んだ来年の手帳が目に留まった。仕事中、とわかってはいても、思わず足を止めじっくりと眺めてしまう。「いちのせ」に似たサイズや素材を探すが、案の定近いものすら見当たらない。ため息をついて、台を離れようとしたら、香夏子が尋ねてきた。

「何かお探しですか？」

「ああ、いつも使っている手帳が製造を減らしちゃって――」

落胆が手伝って、ついつい「いちのせ」の手帳について話してしまった。彼女はしばらく考えた後で、こともなげにこう言った。

「気に入ったのがないなら、自分で作っちゃったらどうですか？」

「え、手帳を？」

驚いて、香夏子の顔を見つめる。手帳を作る？

「ほら、見てください。なんの罫《けい》線も入ってない、表紙がしっかりしたノートがあるじゃないですか。早稲田の購買で買ったやつなんですけど。私、これに勝手に日付とか表を書き込んでカスタマイズしてるんです」

香夏子は鞄から、メモ帳くらいの大きさの一冊を取り出し、無造作にぱらぱらとめくってみせた。雑記帳のようにあれこれ書き込んであり、用が済んだらしき項目には線が引いてある。一週間ごとのスケジュールが見開きに書いてある月もあれば、突然年間予定表に切り替わったりもする。読みたい本や買いたい物など、思いついたこともメモしてあるし、雑誌の切り抜きまで貼り付けてある。まるで、彼女の頭の中を覗いているようで、一瞬我を忘れて見入ってしまった。

「でも……。完全に白紙のノートなんて不安だわ。せめて日付くらい書いてないと」

亜依子にとって、手帳とは絶対的に正しく、神に近い存在だ。手帳にさえ従っていれば、道を踏み外すことはないだろう、と強く信じている。それを自分で作るだなんて、足下から揺らぐようで、にわかに不安になってしまう。すると、香夏子はあっさりノートを閉じた。

「ですよねー。私もよく皆にそう言われます。でも、『いちのせ』ってところの手帳、なんとかなるといいですね。京都、だったっけ……。あれ、ちょっと待てよ」

どうやら香夏子は、かなりのおせっかいらしい。何か企んでか、ぶつぶつつぶやいている。先ほどの彼女の手帳の残像を味わっていたら、ふと疑問が湧いた。

「ねえ、あなた日曜日に出社したの？　何かやることでもあったの」

先週の日曜日の箇所には、何も書いていなかった気がしたのだ。

「え？　してませんけど、どうしてですか？」

怪訝に思い、香夏子のきょとんとした顔を見つめる。嘘をついているわけではなさそうだ。では何故、用事があるなどと言って、洋一の部屋を後にしたのだろうか。土曜日に恋人の部屋に行って宿泊せずに帰るなど、よく考えればおかしな話である。

もしかして――。彼女は洋一がそうであるほど、あちらに心を開いていないのかもしれない。ならば、割り込むチャンスだ。とても自分のものとは思えない卑怯な考えに、亜依子は思わず首を横に振った。

売り場のあちこちに小さなクリスマスツリーが飾られている。

書店さえ、聖夜への期待と華やぎでいっぱいなのに、自分の心だけはどうしてこんなに淀んでいるのだろうか。

4

昼休みも半ばを過ぎたというのに、亜依子は席を立てないでいる。節電のために休み時間は暖房が切られており、がらんとした営業部は寒くて仕方がない。

信じられない。まだ入社したわけでもない、一介の女子大生のアイデアにこの慶野亜依子が負けるなんて――。午前中の販促会議が終わってから、ずっと気がおさまらない。

――人気アイドルグループ『VIPS』の四つ葉《よつば》レモンちゃんに帯書いてもらえば、いいじゃないですか。彼女、有森先生の大ファンらしいですよ。

お茶を配っていた香夏子が突然、こともなげに言い放ったのだ。重版がかかったのをきっかけに、有森樹李の新刊の帯を作り直そうということになり、担当である亜依子がコピーをいくつか提案した直後だった。巨大アイドルグループ、VIPSの存在はもちろん知っているけれど、そんなメンバーの名は聞いたこともない。テレビはほとんど見ないので、中心となる五、六名の女の子をかろうじて覚えているくらいだろうか。こちらはさっぱり意味がわからないのに、営業部の男達はざわめいている。どうやら四つ葉レモンとやらはマイナーながら、なかなかの注目株らしい。

――私、アイドル好きで、結構ブログとかチェックしてるんです。彼女『読んドル』

としても有名じゃないですか。

——早乙女はやっぱり面白いなあ。へえ、そんなところにもヒントがあるんだな。

滅多に人を褒めない澤木部長までが、面白そうに目を細めていた。四つ葉レモンの事務所に至急問い合わせるということで帯の件は落ち着き、亜依子が考えた惹句《じゃっく》は宙に浮いた形となった。

洋一の部屋に散らかっていたアイドルの写真集が蘇ってくる。あの時は、女のくせに男の趣味に理解を示すなんて、いかにも早稲女っぽい媚《こ》び方だ、と苦々しく感じたものだけれど、まさかこんな風に活きてくるなんて。これではビジネス本をせっせと読んで営業戦略を練っている自分が莫迦みたいではないか。

「あ、先輩、今ちょっといいですか？」

いきなり声をかけられ、飛び上がりそうになって振り向く。こちらの気も知らないで、香夏子は身を屈め、さばさばした口調で話しかけてくる。

「先輩、あの、『いちのせ』の手帳、まだ欲しいですか？」

「当たり前じゃない。なんなの、急に」

ぶっきらぼうに返すと、香夏子はなんとも得意そうに含み笑いをし、携帯電話を目の前に突き出した。表示された画像に釘付けになる。なんと「いちのせ」の特製手帳ではないか。

「実は手に入っちゃったんです。さっき友達からメールが入りました。そいつ……、その子が京都まで失恋バイク旅行するっていうんで、『いちのせ』本店に行って手帳を探すように頼んだんです。今、そのメールが来て、入手したって報告が来たんです」

呆気にとられて、彼女の顔をまじまじと見つめる。香夏子はこちらの反応に、もどかしそうだ。

「だから、一冊だけあった在庫を、私の友達が……」

「そうじゃなくて。どうして、そこまでしてくれるの？　私なんか、ただの会社の先輩じゃない」

つい責めるような言い方になってしまう。どう考えても、おかしいではないか。こちらが疎《うと》んじているのは明らかなのに、どうしてこうも慕うのだろう。もしかして、洋一との過去を知って哀れんでいるのではないか、と思うと俄然、口調が荒くなる。香夏子はしばらく思案した後で、こうつぶやいた。

「なんかわかるんです。どうしても替えが利かないっていう、先輩のこだわり……。私も、その、そういうのが捨てられなくて、損するタイプだから」

普段はきりりとした目尻が、ふっと気弱に下がっている。亜依子は胸をつかれた思いだった。先ほどまでは宿敵だったのに、腹を割って苦労を分かち合いたい気分に駆られている。いけない、いけない。これが香夏子の手なのだ。優秀さを見せつけた後で、三枚目をアピールし、相手の懐《ふところ》に入り込む。亜依子には到底できない芸当だ。こちらが静かに葛藤《かっとう》していると、突然、香夏子の携帯電話が鳴った。すみません、噂をすればその友達っす、と香夏子は手刀を切ると、そそくさと背中を向けた。

「うんうん。長津田、さっきは有り難う。先輩受け取ってくれるみたい。うん。はあ？　あんたの失恋話なんてもう聞き飽きたわよ。私に？　お土産？　あ〜っ、いらないっ。いらない。そんなことより、今あんたが乗ってるバイクのお金、いつになったら返してくれるわけ？　東京に戻り次第、決着つけるからね！　じゃあね」

盗み聞くつもりはなかったが、香夏子の声が大きいせいで、どうしても内容が耳に入ってしまう。昼食を終えた営業部員達が戻ってくるのが見えたので、慌てて彼女の腕を引いて、こちらの席に引き寄せる。

「お金？　あなた友達にお金なんて貸してるの？　どういうこと？」

こちらの迫力に負けたのか、香夏子は恥ずかしそうに口を割った。

「ああ、今のなんていうか、その元彼なんです。友達だなんて言いましたけど」

洋一が口にしていた、あのろくでもない浮気男か、と合点がいった。

「あんた、元彼なんかに、よく普通に用事頼めるわね」

呆れて思わず声が高くなる。気付けば、すっかりくだけて話している自分に驚いていた。香夏子はたちまち頬を膨らませた。

「だって〜。突然、ポン女の後輩に乗り換えられて、フラれたのはこっちですよ。多少顎で使ってやってもいいじゃないですか。でも、いい気味っすよ。だって、そいつ、そのポン女にあっという間にフラれたんです。ラブラブに見えたのになあ。おそらく、将来性のなさを見限られたんですかねえ。所詮留年野郎、ざまあみろですよ！」

歯を剥き出しにして昭和の漫画のキャラクターのように、うしし、と笑ってみせ、昼休みがもう終わるというのに、しきりにその元恋人の悪口を言い始めた。

なるほど、そうか――。亜依子は香夏子の横顔を鋭く観察する。日曜日に出社するなどと嘘をついたのは、洋一と朝まで一緒に過ごすことを避けるためだったのか。おそらく、彼女の心はまだその長津田とやらにある。こうやって、亜依子の手帳をダシにしてまで、二人きりで会う用事を作りたくて仕方がないほどに。六本木の夜の自分の姿と重なり、亜依子はどうしても言わずにはいられなくなる。

「その元彼のこと、まだ好きなんでしょ」

一目見てそうとわかるほど、香夏子は赤くなった。へえ、図星――。亜依子は意地悪くその様子を観察し、ねっとりした口調でこう言った。

「ねえ、その彼氏と縒《よ》りを戻せばいいじゃない」

「ええっ、そんなの私にはできません。今、彼氏いるんです。やっと出会えたまともな人なんですよ。これを逃したらもう……。それにしても、亜依子先輩って、恋愛経験豊富そう……。美人だし、モテまくってるんだろうなー」

「そうでもないわよ。ま、人よりは」

恋愛経験に関しては香夏子とどっこいどっこいだが、亜依子は精一杯けだるく髪をはらってみせた。こうなったら、なんとしてでも、彼女と長津田とやらを元のさやに戻さねばならない。香夏子は突然、ぐいと顔を近づけてきた。

「私、みんなに相談されて頼られるばっかりで、誰にも相談にのってもらえないんです。よければ、今週、一緒にお酒を飲んでもらえませんかっ。よろしくお願いします」

うっとうしい――。でも、確かに早稲女が甘えられる相手なんて、慶女くらいかもしれない。亜依子は返事の代わりにマイナスイオンスチーマーをオンにした。

5

来るんじゃなかった。

書店まわりの帰り、香夏子に誘われ池袋駅にほど近い立ち飲み居酒屋にやってきたのだけれど、ヒールで立ちっぱなしはきついし、入り口から吹き込む風が冷たくて仕方ない。明日は雪になるという天気予報は本当かもしれない。昨日の洋一とのやりとりがしこりのように胸にくすぶっているせいか、ハイボールの味がよくわからない。ちくわの磯辺揚げなど油っこくて食べられたものではないが、香夏子は心底くつろいだように次々にグラスを空けている。

「確かに今の彼氏はすごくいい人で、仲良くやってるつもりなんですけど、なんか緊張しちゃって、自分でいられないというか。正直、明後日のクリスマスイブ、憂鬱《ゆううつ》なんですよね。やっぱ、泊まらないと駄目ですよね」

あんなだらしない家デートで、緊張もなにもないだろう、と呆れてグラスを空にする。すべての望みが消えた今、もはや早稲女の恋愛話などどうでもいい。クリスマス目前だというのに、一体自分はこんなところで何をやっているのだろう。

——知ってるよ。わざわざ教えてもらわなくても、彼女が前の彼氏を忘れてないことくらい。

昨夜、思い切って洋一に電話をし、香夏子が今なお長津田と接点があることを報告したのだ。聞いたこともないほど低い声で彼は言った。

——そういう人間くさくて、情にもろいところも含めて彼女が好きになったんだ。俺も同じだ。スパッと割り切れない人間だし、ぐずぐず悩んで先に進めない。君とは違うよ。

それは私だって同じ——。喉まで出かかった言葉を懸命に飲み込んだ。

——そんなことより、なにやってるんだよ、亜依子。告げ口とか、裏工作とか——。君はそういうことする人じゃないだろ。

彼の言う通りだ。こんなのちっとも慶野亜依子らしくはない。悔しいのを通り越し、ひどくみじめな気分で電話を切った。ひっきりなしに動く香夏子の唇をぼんやり見つめていたら、突然、肩を叩かれた。

「ねえ、君達。良かったら一緒に飲まない？」

ぺらぺらのスーツを着た、軽薄そうな男が馴れ馴れしく覗き込んでいる。その後ろには酔った赤い顔にだらしない笑みを浮かべた、太った男が控えていた。まったく失敬な――。昔からナンパが大嫌いだ。到底こちらのレベルに及ばない輩が、酒の力を借りて物欲しげに距離を縮めようとしてくる。無礼にも程がある、と無視を決め込んだが、

「ねえ、ねえ、二人ともすっごく可愛いよね。もしかして女子大生？　どこの子？　よければ就職の相談に乗ってあげようか」

　などと太った男までが参戦し、こちらの肩を抱こうとしている。まずい、囲まれた――。香夏子が急にこちらの耳元に口を寄せてきた。

「こういう時、一発でおっぱらう方法があります！　私にまかせて！」

　おもむろにグラスを置くと、見たこともないような爽やかな笑みを浮かべ、彼女は超然と言い放ったのだ。

「わあ、是非ご一緒したいです。私達、二人とも死ぬ気で就活してきたんです。努力のかいあって、もう内定は出ているんですけど、是非是非、素晴らしい社会人になるためのご教示をいただきたいです。よろしくお願い申し上げます」

　見る見る間に、男二人の顔からやる気のようなものが消えていく。彼らは顔を見合わせると、小さく肩をすくめ、そそくさと引き返していった。太った男が振り返り、

「へえ、すごいね。なんか、二人とも手助けなんていらないって感じだね。頑張って」

　と慌てて付け足した。彼らがテーブルに戻るのを見届けると、亜依子はたまらなくなって噴き出した。香夏子は得意そうに胸を張り、店員を呼び止めている。

「ビール大ジョッキで！　先輩は？」

「私も同じの。ああ、おかしい。なるほどね、ああ言って断ればいいのか」

「さすが‼　しょっちゅうナンパされてる人は違うなあ」

「そんなことない。近寄りがたく見えるのかな。出会いなんてないわよ。だいたい、知らない人と一から関係を築くなんて怖いじゃない。私の友達も在学中に結婚相手を見つけようとする堅実な子が多くて――」

言葉がなめらかに唇を滑っていく。運ばれてきたビールはきんと冷えていて、驚くほど喉越しがよい。こんなに開放的な気分になるのはいつ以来だろう。香夏子も同じと見えて、どんどん話があけすけになっている。

「明後日、その元彼がついに東京に帰ってくるんですよ。手帳渡したいから会おうって言われてるんですけど、まずいですよね。だってイブですよ。彼氏に悪くて」

「そうよ。そんな将来性がない男、やめときなさいよ。いい？　まず、十年先まで人生設計してごらんなさいよ」

めずらしく酔いが回ってきたせいか、亜依子は箸袋を広げ、ペンを取り出すとグラフを書き付けた。

「子供は何人欲しいか。持ち家か賃貸か。どういう暮らしがしたいか。ゴールを決めて逆算していけば、おのずと今やるべきことが見えてくるはずよ」

「ゴール？　先輩は自分のゴールがちゃんと見えてるんですね。私にはとても見えません。自分のゴールなんて……。うん、全然見えないです」

そんなの私も同じよ——。だからこそ目に見えるものを信じるように努力しているのだ。言葉の代わりに、香夏子の頭をこつんと打った。

香夏子につられてジョッキのお代わりを頼みながら、自分より強い女と飲むのは初めてだと気付いた。箸袋のグラフが滲むのはどうやら水性ペンを使ったせいだけではなさそうだ。

6

目が覚めて真っ先に飛び込んできたのは、天井まで届く大きな本棚だ。ブラインドからこぼれるまばゆい光が、背表紙のタイトルを次々に浮かび上がらせていく。亜依子はベッドの上から身を起こし、床で寝ている香夏子を踏まないようにして、本棚の前へと歩み寄っていく。

「あ、先輩、おはようございます」

背後で、香夏子のあくび交じりの声がする。

「おはよう。外、雪が積もってるんじゃない」

香夏子は小さな子供のように跳ね起きるとブラインドを引っ張り、わあ、と歓声を上げた。

昨夜は盛り上がり過ぎて、柄にもなく終電を逃した。香夏子が妹と住んでいるという目白の女性専用マンションにこうして転がり込み、彼女のスウェットを借り、化粧も落とさずに寝てしまったのだ。意気投合した勢いで、他人の家に準備もなく泊まるなんて初めての経験だった。

じっくりと香夏子の蔵書を目で追っていく。大量のちくま文庫。『地球の歩き方』にマスコミ読本。教育学部国語国文学科らしく教育心理学の教科書、翻訳小説、古典、推理小説に、純文学、エンターテインメント。その合間にアイドルの写真集や漫画、映像論も交じっているのが彼女らしい。いずれもよく読み込んであり、カバーや帯がないものが目立つ。

「豊かで循環している、いい棚ね。あなたがどういう子なのか、すごくよくわかる。私の愛読書なんて、ビジネス本や恋愛ハウツー本ばっかり。羨ましい。洋一と趣味が合うわけだ」

そう笑って振り返ると、香夏子は首を傾げ、よくわからないという表情を浮かべていた。

「本当になあんにも知らないのね。私、吉沢洋一の元彼女よ。三ヶ月前、急にフラれたの。あなたを好きになったから、別れてって」

ようやく合点がいったのか、香夏子は口をぱくぱくさせて、穴があくほどこちらを見つめている。

「だって、だって、吉沢さん、そんなことひとつことも……。えーっ!!」

なに、それ信じられない、どうして、などと目を白黒させ、一人で問答を繰り返している香夏子に構わず、亜依子は枕元に置いたバッグを持ち上げる。『銀の匙』を取り出し、そっと本棚に戻して置いた。タイミングを見つけて返そうと昨日用意していたのだ。


私は私らしくやるほかない。香夏子の本棚を見つめるうちに、そう思った。

書籍にさまざまなジャンルが必要なのは確かだ。彼女のように、読書に心を奪われた経験はないけれど、その分、冷静に広い視野で出版業界を見極めることができる。それに、誰かが戦略を立てて利益を生み出さなければ、いい本など作れない。髪を一つにまとめると、テキパキと告げた。

「私、もう出るわ。一旦家に帰って着替えなきゃ。土曜日だけどやり残した仕事があるし、出社しないといけないもの」

「あ、私も一緒に出ます」

「いいわ。あなたはやることがあるでしょ。長津田君が東京に帰ってくるんじゃない。明日はイブ。こんなチャンスは滅多にないわ。洋一には早いところ、今夜は泊まる気がないってことを伝えるのね。可哀想だから早い方がいい」

たちまち、彼女の顔が真っ赤になった。可愛い——。初めてそんな風に感じ、亜依子は洋一を許せる気になった。どのみち、彼とは駄目になる運命だったのだ。一緒に歩くには、亜依子の速度では速すぎる。

「どうして……。そんなの亜依子先輩らしくないですよ。先を見据えて行動しろって、昨日の夜私にたたき込んでくれたじゃないですか！」

スウェットから昨日の服に着替えている亜依子の背中に向かって、香夏子は泣きそうな声で叫んだ。

「莫迦ね。なに言ってるの。先のことを考えた上でのアドバイスよ。いい、ざっとあなたの人生を予想してリスクをピックアップするわよ。このまま、洋一と交際したとして、五年後、あなたはどうなっていると思う？　彼みたいないい人を、自分から捨てることなんてできないから、だらだらと関係は続いているのよ。洋一はきっとけじめを付けてプロポーズをするはず」

プロポーズか——。胸はちょっぴり痛んだが、そのまま勢いよく続けた。

「あなたも人がいいから、申し出を受けないわけにはいかなくなるわ。吉沢香夏子になって、職場もプライベートも彼とずっとずっと一緒。心を解放できる場所なんてない。本当は忘れられない人がいるのに、懸命に気持ちを殺して、生きていくのよ。そんな人生で本当にいいの？　長津田君はぼやぼやしているうちに、あなたのことなんか忘れて、きっと適当な子とデキ婚するわよ。今動かなくてどうするの。じゃ、いいかしら。私は行くわ」

それだけ言うと、立ちすくんでいる香夏子を置いて、部屋を後にした。隣の部屋で眠っている香夏子の妹を起こさないようにして外に出る。皮膚が切れるほどの冷気に思わず目を見開く。学習院の森が真っ白になっていて、まるで日本ではないみたいだ。

マンションを出、積雪に滑らないように注意しながら駅に向かって歩き出した。わざわざ買ってきてくれた長津田には悪いけれど、「いちのせ」の手帳への執着は綺麗に消えていた。

駅前の文房具店でしっかりしたノートを一冊買う。目白駅内にあるベーカリーに腰を落ち着けた。大丈夫。早稲女にできて慶女にできないことがあるわけがない。いままで努力次第でなんでも叶えてきたのだ。その気になりさえすれば、心のおもむくままに夢を描くことだってきっとできるはずだ。

まっさらな白いノートはさきほどの雪景色を思わせた。なにをするのも自由。どう線を引くのも自由。これは亜依子の手帳になるのだ。熱いコーヒーを飲みながら、しばらくページを見つめた。こんなことは初めてでなんだかどきどきしたが、大きく息を吸うと、まるで真っ白な雪景色に一歩踏み出すように、亜依子はひといきにボールペンを走らせた。

ひとり身のキャンパス　涙のチャペル

1

成田からアエロメヒコ航空でメキシコ・シティ国際空港まで所要時間、約十三時間。卒業式を迎えたばかりで来月内定先への入社を控えた初対面の女子大生二人が、大学生活四年間を語りつくすには十分な長さだった。普段は友達にも言えない秘密を打ち明けることが出来たのも、きっとこれが旅先で、それも雲の上で、相手が気さくでさばさばした早稲女だったからだろうと思う。

「信じられない。私とあなたって鏡みたい。他人だなんて思えないよ」

青島《あおしま》みなみは改めて、窓側の座席に座る早乙女香夏子の整った横顔をまじまじと見つめ、二人の共通点を一つ一つ指折り数えてみせた。

「この旅行が大学の卒業旅行。今年で二十三歳。三歳下の妹と二人暮らし。就活するものの結局、バイト先の企業に内定をもらって、来月が入社式。留年続きのサークルの先輩となかなか別れられない中、内定先の先輩に告白される……。どちらかに決めかねて、自分と向き合うために一人旅に出る、って……。もしかしてあなた、私のドッペルゲンガー？」

「いやいや、あなたみたいに可愛くもお洒落女子でもないよ、男二人に奪い合われてるっていう美味しいところからは程遠いし！　いや、青島さんって、もうさすが青学《あおがく》って感じ。なんかキラキラしたオーラがふわふわって出てるもん。羨ましい」

香夏子が激しく謙遜《けんそん》するように、ソバカスの目立つ化粧気もない顔に、ゴムでまとめただけの髪やGAPのニットという構わなさは、みなみの通った青山学院大学文学部史学科ではあまり見かけないけれど、その分、旅慣れた雰囲気を醸《かも》し出している。サークルでもゼミでもバイト先でも何故か「バンビ」とあだ名されてしまう小柄で童顔なみなみには、大人びたクールビューティーの香夏子が羨ましい。

「いやいや、私なんか。単にこちゃこちゃした可愛いものが大好きで雑貨販売の仕事に就いただけで、他に出来ることがあるわけでもないし。大手出版社なんてスゴイね」

ため息まじりに出で立ちを見下ろす。ここぞとばかりに選んだお気に入りのメキシコ刺繍《ししゅう》のポンチョ、むくみ防止のための着圧ソックスとキッドブルーの花模様スリッパを上手く目隠ししてくれるふわっとしたロングスカート。乾燥を恐れてしきりにアロマ化粧水をスプレーしている自分が、なんだかはしゃいだ子供に感じられてくる。可愛いものやお洒落が大好きで、希望通りの就職先を得たというのに、香夏子と話していると途端に自信がなくなってくるのだ。完全な個人旅行でチケットの手配はすべて自分で済ませたという香夏子に引き替え、みなみときたら初めての一人旅とはいえ「世界一ガーリーな町・オアハカ&メキシコ・シティ&銀の町・タスコ　雑貨ざくざく☆乙女ツアー

「五泊六日」なる旅行会社のマーケティング臭ぷんぷんのプランにあっさりと乗っかったのだから。

でも、ちょっとした手違いでツアーの客と離れた席に座らせられたおかげで、こうして香夏子と知り合え、本当に良かった。

「早乙女さんも……」

「香夏子でいいよ」

「香夏子もこの卒業旅行の間で、どっちの男を選ぶか決めるんだよね？」

顔を覗き込むと、香夏子は困ったように、雲しか見えていないはずの窓の外に目を向ける。

「いやいや、選ぶなんて……。私なんて所詮、どっちにも必要とされていないのかもしれない。むしろ、私が意地汚く、二人を追いかけているだけな気がする。吉沢さんとは正式に別れたし、長津田とももはや付き合っているとはいい難い状況だけど……。この旅行でちゃんと自分と向き合いたいと思ってるのは本当。本当はどっちが好きなのか、自分の本心を見極めようと思ってさ」

彼女の話の登場人物は多く、事情も相当こみ入っているが、ざっとまとめるとこうだ。

去年のクリスマスイブ、内定先の先輩である恋人、吉沢さんに苦渋《くじゅう》の思いで別れを切り出した。早稲田大学に通う四年間ずるずると付き合い続けた演劇サークルの先輩、長津田が忘れられなかったためだ（それを気付かせてくれたのは、吉沢の元彼女である、慶應女子の先輩だという）。しかし、いざ長津田の元へと戻ると、彼は就職した香夏子へのコンプレックスが剝き出しで、あげく直前に自分を捨てたポン女の元恋人への未練たらたらといった有様だった。以前にも増して激しい口論が絶えず、一緒にいることがもはや耐え難くなった。立教女子の親友のアドバイスを受け、ようやく距離を置くと決めた矢先、職場で吉沢さんと二人きりになる機会があった。彼はこちらを少しも恨むことなく、ただ先輩として優しく接してくれた。さらに、卒業式の夜まで会社に雑用をしに来ていた香夏子に向かって、「片想いが長かったから、君の気持ちはよくわかる。辛かったら戻ってくればいいから」とまで言ってくれた。学習院女子の妹に「彼を離すなんて、お姉ちゃんは大莫迦だ」と叱られ、香夏子はもう、なにがなんだかわからなくなってきたと言う。

「この半年、私は人として最低だったと思う。どっちつかずな態度のせいで、たくさんの人を傷つけた。中途半端な気持ちのままじゃ、どっちにも失礼だし、このまま社会人になるなんて恥ずかしい。まず、一人になって、今度こそ自分の気持ちを見極めないと」

真面目な子なんだな——。みなみは、篤志《あつし》と小井出《こいで》さんの顔を同時に思い浮かべ、胸がちくちくするのを感じる。実を言えば、彼女に本当のことを隠さず話してはいない。どちらの男とも距離をとって葛藤を引き受けている香夏子に引き替え、自分ときたら

――。

「結局、私なんて誰とも上手くいかないし、大事にもされるわけないって思っちゃう。その点、青島さんはモテそうだもの。羨ましいよ。早稲女なんてほとんど女扱い、いや人間扱いされないもん」

「そんなことないでしょ？　香夏子くらい美人で頭がよくて楽しい人だったら」

「いやー、そんなことないって！　非モテの極みだよ。男でも女でもない、早稲女っていう性なんだよ、我々は」

乾いた声で笑う彼女を見て、みなみはなにか重大な結論を見付けた気がする。もしかして、香夏子が気付いていないだけで、答えはとっくに出ているのではないだろうか。上手く言い表すことが出来なくて、ひとまず胸に湧いた疑問をそのままぶつけることにした。

「そんなこと誰が言うの？」

「え？」

「早稲女はモテないとか、早稲女は可愛くないとか、大事にされないとか、よく聞くけど、それ一体どこの誰が言っているの？」

香夏子は意表を突かれたように、長い睫をしばたたかせている。

就職活動を始めた頃から疑問だったのだ。説明会や面接の待ち時間に言葉を交わした女の子達の中に早稲田生は何人もいた。その多くが、こんな風にバツが悪そうな表情で、聞きもしないのに失敗談や自虐ネタを披露したものだ。でも、恋愛が上手くいかないのも、内定がなかなか出ないのも、このご時世、早稲女に限った話ではないだろう。

「そうだね、ええと、誰だろうね、でも、世間一般では常識なんじゃゃん。いや実際、事実だし。井《い》の頭《かしら》公園のボートに乗るカップルは別れる、早稲女はイタい、みたいな」

何故か慌てたように香夏子は言い、膝にかけたブランケットをひっぱり上げた。

「そうかなあ、私はなんか、早稲女だけがそう言ってる気がするんだけど、気のせい？　でもやっぱり高学歴だといろいろやっかまれるから、嫌われないための予防線なの？　でもさ、慶應の子や上智の子はそんなこと絶対に言わないよねえ？」

別に香夏子を困らせたいわけではない。ただ、昔から疑問はすぐに解消したいタイプなのだ。基本的に天真爛漫《てんしんらんまん》でおっとりしたみなみが時折見せる、追及の厳しさや引かない姿勢に驚く人は多い。ぎくり、としたように香夏子は目を見開き、にわかに早口になった。

「まあ、いいじゃん。そんなことよりさ、青島さんが一人旅にメキシコを選んだ理由を教えてよ」

「みなみでいいよ～。一人旅というかツアー旅行だけどね」

「みなみがメキシコを選んだ理由。もしかして、私と同じなのかなって、実を言うと、さっきからワクワクしてたんだっ」

切れ長の瞳が共感を求めて、きらきらと輝いている。今度はこちらが困惑する番だった。

「え……」

「だって、さっき言ってたじゃない。自分の中に二人の自分がいる気がするって……。両者が混じり合わなくて苦しいから、どっちの男も選べないんだって……」

メキシコと何の関係があるのかは今一つよくわからないまま、怪訝な顔で頷いた。でも、確かにそうだ。自分の中には二人の女の子がいる。どんくさくて心優しい青島みなみと、世慣れていてスマートで冷たいところもある青島みなみ。素朴なみなみは篤志を手放せないし、お洒落なみなみは小井出さんに惹かれている。どっちも本当だから、自分で自分がよくわからない。こんなことは二十二年間生きてきて初めてだ。

「ほら、メキシコって二つの顔があるって言われているじゃない」

「そうなの？」

「あれ、みなみは史学科じゃなかったっけ？」

きょとんとした様子の香夏子を目の当たりにし、急に恥ずかしくなった。大学四年間、バイトと恋愛に明け暮れ、授業に身を入れてなかったことがまるわかりだ。

「古代のアステカ文明と、その後、スペインに侵略されてからの文化。さらに様々な国からの干渉を受けてすごく複雑で多様な持ち味の文化になっている……。二つの側面を持った国から何かを学んで、自分の人生に活かしたいと思ったんじゃないの？　私も全く同じよ！」

　こちらの手を取らんばかりの香夏子にびっくりして、腰を引いてしまう。そんなこと考えてもみなかった。メキシコを選んだ理由は単に雑貨や民芸品が好きで、就職する前に、思う存分、買い集めたかったからだった。お洒落な仲間がまだ手を伸ばしていないところも気に入っている。海外ドラマ『アグリー・ベティ』にはまって以来、ビビッドな色使いと素朴なデザインに夢中になっているからだなんて、とても言えない。

「あれ、違うの？　だとしたらマヤやアステカに代表されるメソアメリカ文明に興味があるとか？　メソアメリカ文明にも二つの側面があるって言われてるじゃない。光と影、善と悪、生と死……。善の神様が災いをもたらしたりする。単純に割り切れるものじゃない、相反するものが混じり合った複雑な世界観よね」

　そんな知識も深い考えもない。口を開けば恥をかきそうな気がして、みなみは思わず目を伏せた。こんなオタク、いやインテリは周りにいない。

アステカもメソアメリカ文明もよくわからないけれど、心に住む二人の自分が混じり合わないのは事実。あまりにも短絡的思考ゆえ口には到底できないけれど、それはおそらく青山学院大学のカリキュラムのせいだった。

　みなみの大学四年間はちょうど半分に分断されている。淵野辺《ふちのべ》の二年間と青山の二年間だ。まださほど長くない人生だけれど、キャンパスライフに限っていえば、みなみは人の二倍生きた気でいる。

　青学の一、二年生はＪＲ横浜線淵野辺駅のキャンパスに通う。少し前までは厚木《あつぎ》の山奥だったらしい。世間一般のイメージである洗練された青山キャンパスに通うのは、ほとんどの学生が三、四年生になってからだ。それくらいのこと、と呆れられそうだが、環境の落差のすさまじさといったらない。そのせいで青学の女の子の自我は二つに引き裂かれていると言ってもいい。四年間を通してほぼ同じキャンパスに通う、早稲田や日本女子大、立教や学習院の女子にはこの割り切れなさを絶対に分かってもらえないだろう。

みなみは座席を倒し、ブランケットを鼻の下までひっぱり上げる。高度が上がったせいか、さっきから耳の奥がきんとしてかすかに頭痛がするのだ。飛行機に乗るのはまだ二回目なので、これが普通なのだろうか、といささか不安になってくる。手足がむくんで、体全体がはりぼてを着ているみたいに重たかった。

「わかった！　フリーダ・カーロの生涯から、自分の恋愛観を見直そうと思ったんでしょ！　私もフリーダの人生には共感するところがいっぱいあるんだよね！」

こちらの様子にまるで気付かず、香夏子は興奮気味の声をあげている。

ＪＲ横浜線の淵野辺駅周辺には驚くほど何もない。札幌から上京した四年前。あの駅に降り立った時は、憧れの大学に入学した晴れがましさが吹き飛んだほどだ。線路脇には一年中、白いススキが揺れている。キャンパスまでの通学路はどこか寂しげな印象の住宅地で、あっけらかんとラブホテルが紛れていた。

洗練されたイメージが強い青学生だが、入学したての頃はとにかく真面目で、単位を取り損ねまいと皆必死だ。落としたら最後、上級生になっても淵野辺に通わなければならなくなる。そう、出会った頃の篤志がそうだったように。

当時三年生だった彼と知り合ったのは「カフェ文化研究会」の新入生歓迎会だった。上下関係がなく気楽そうなところと、可愛い雑貨を並べてボサノバを流しているような部室を想像して入部を決めたのだが、実際は部員わずか八名の、部室さえない非公認サークルだった。何故か「ドトールコーヒー」のメニューやサービスを研究するだけという地味な活動内容には驚いたが、気楽で居心地が良かったのは事実だ。授業が終わると、淵野辺駅南口のドトールに入り浸り、先輩や同級生といつまでもおしゃべりした。

やがて、会合の場は自然とみなみのアパートへと移る。大学の真裏に住んでいたため、かっこうのたまり場になったのだ。もともと寂しがり屋で一人暮らしに慣れなかったため、いつもそばに誰かがいることが嬉しくてたまらず、手料理や録画したテレビ番組でかいがいしく皆をもてなした。

篤志に気持ちを打ち明けられたのは、夏休み前の餃子パーティーの夜だったはずだ。皆サークルのメンバーは帰ってしまい、酔って眠ってしまった篤志だけが残っていた。皆の散らかした部屋を後片付けし、せっせと洗い物をしているみなみの背中に向かって、彼は唐突につぶやいたのだ。

「あのさあ、好きなんだけど……。今度は一人で来てもいい？」

告白されるのは初めてではなかったし、高校時代も恋人はいた。それでも、あんなに幸せだったことは後にも先にもない。篤志は顔立ちが整っているものの、背はさほど高くないし、服装も青学生とは思えないほど無頓着だ。温泉を営む親が忙しいせいで、ほとんど祖母に育てられたせいか、変なところでケチで年寄りじみてもいる。それなのにサークル内では妙にモテた。だらしなく単位も落としてばかりだけど、絶妙なタイミングで心が甘くほとびるような言葉をくれるのだ。決して偉ぶることがなく水のように隣に存在し、さりげなく日常生活をサポートしてくれる。入学して二ヶ月、篤志を手に入れたことで、ようやく広い大学に自分だけの居場所ができたと思った。

こうして思い返してみると、淵野辺の生活もそれなりに楽しく充実していたのだ。キャンパスではいつも誰かが隣にいたし、篤志が部屋に入り浸るようになってからは一人の夜はほとんどなくなった。授業をさぼって一日中、部屋で抱き合っていたこともある。ミートソースが大好きな篤志のために、繰り返し同じメニューを作り、完璧なレシピも構築した。彼の趣味であるゲームにも夢中になった。部屋の中に篤志の荷物が増えていくことが誇らしくてならなかった。

価値観が一変したのは三年生になってからだ。

青山という町の洗練ときらめきに、みなみは目が眩むような思いだった。履修やテストでそれまで何度も来たことがあるとはいえ、毎日通うのとはわけが違う。授業の合間にお茶する行為一つとっても、カフェの選択肢は星の数ほどある。モデルや芸能人をほぼ毎日のように発見し、手が出なくても有名海外ブランドのショーウィンドーを見て歩くだけで心はときめいた。淵野辺時代はそれほど身を入れてなかった美容やお洒落にも俄然気合いが入った。生姜紅茶とウォーキングで五キロ痩せ、肩まであった髪をカラーリングしマッシュボブにした。篤志は「公然わいせつカット」と呼びひどく嫌がったけど、周囲の評判は抜群に良かった。もともとファッションやインテリアには人一倍興味がある方だ。お金をかけなくても一点物の古着やこだわりの小物で個性を発揮するコーディネートには自信がある。表参道《おもてさんどう》で、愛読している雑誌の街角スナップに声をかけられた時は、本当に嬉しかった。特集の一ページ目を飾った自分の写真は、今も大切にお財布に仕舞っている。

眠っていた物欲がふつふつと湧き上がってきた。仕送りではとても足りなくなり、後に就職することになる、骨董《こっとう》通りの人気インテリアショップでアルバイトを始めた。時給の良さに惹かれたせいもあるが、高校の頃からの憧れのお店でもあった。

淵野辺時代のように仲間に会える時間はなくなり、キャンパスでは一人で過ごすことが増えた。それでも、ようやく大学生活が始まった、と心からそう思えた。ゼミとアルバイトの両立、疲れた体を引きずって淵野辺に帰る暮らしはなかなか大変だったけれど、充実していた。職場では努力を認められ、ディスプレイを任されるようになった。スーパーバイヤーの小井出祐司《ゆうじ》さんに「卒業したら正社員にならない？」などと声をかけられ、有頂天だった。学生時代、モデルのアルバイトをしていたこともあるという噂の三十二歳の小井出さんは、ハーフと見まごうような彫りの深い顔立ちに長身で、誰もが振り返る強い光を放っているのだけれど、決して気取ることはなく抜群の人気を誇っていた。そんな彼に認められたことは密かな自慢だった。

その頃からだ。篤志が急激に色褪せて感じられるようになったのは。相変わらず履修のためだけに淵野辺に通い、就職活動に焦ることもなく、ただ漫然と留年を繰り返す彼がだんだんとわずらわしくなってきたのだ。疲弊して帰宅しても、篤志が部屋でごろごろ寝て待っているのも癪に障る。都心に引っ越したい気持ちが日に日に高まってきたが、妹の響子《きようこ》が同じ大学に入学し同居するようになったため、親が淵野辺から離れることを許してくれなかった。入学早々、テニス部でさっそく恋人を作った響子はアパートにほとんど帰ってこないので、みなみが淵野辺に縛られる理由はどこにもないのだけれど。

もはや一、二年生の頃、サークルの皆の召使いのようになって、たまり場を提供し続けた自分が、悔やまれてならない。貴重な大学生活を洗い物だの料理だのに費やし、どこにでもあるドトールなんかの話題で盛り上がり、一体自分は何をやっていたのだろう。時間をすべて返して欲しい。小井出さんに食事に誘われた時、すぐにＯＫしたのは、青春を取り戻したい気持ちが強かったからだ。

「みなみちゃんみたいに、可愛くていい子だったら、絶対に彼氏いると思ってたのに……。フリーだなんて、あー、良かった」

小井出さんみたいな大人の男の人が安心したようにため息をついた時は、涙がこぼれるかと思った。Ao《アオ》ビル五階のアメリカンレストランのソファ席。ガラス窓の外のテラスには水が張られていて、青山の夜景がきらきらと反射していた。完全に下界のごみごみした空気と切り離されているみたいで、今までの冴えない日々が一気に遠くに押しやられた気がした。メニューに表示された値段がものすごく高いことも、申し訳ないというより、彼の誠実さに思われ、ひたすら胸を打たれていた。

「付き合ってくれるよね？」

一瞬でも篤志の顔がよぎらなかったかと言えば嘘になるけれど、小井出さんを逃したらもう一生、本物の恋愛は味わえないと思った。窓越しのセントグレース大聖堂のチャペルを見ないようにして、深く頷いたのだった。

あの時は、篤志とはすぐに別れるつもりだった。しかし、人のいい彼に面と向かって別れ話を切り出す勇気がなく、ひたすら自然消滅を狙った。できるだけ淵野辺に寄りつかないようにし、電話もメールも何回も無視した。小井出さんとのデートは夜が多く、そのまま代々木上原《よよぎうえはら》の彼の部屋に泊まることも増えた。『終電逃したから、バイト仲間の家に泊まります』というメールは十分に心変わりを匂わせたはずだ。

三年生の夏休みには、小井出さんと一緒にグアムに出かけ、小さなアメジストのついた指輪をもらった。彼はみなみのセンスや嗜好《しこう》をよく理解してくれる。篤志が「てるてるぼうず」とあだ名したメキシコポンチョも気に入ってくれた。

しかし、めくるめく楽しい時間のはずなのに、気持ちがついていかない。小井出さんと別れた後はいつも、体がしんと冷えるような寂寥《せきりょう》感があった。何故なんだろう、とみなみは何度も考えた。彼のことは好きだし、仕事ぶりは尊敬しているといってもいい。それなのに、自分が別人を演じているような、体の大事な部分を置き忘れてきているような気がして、いつも心もとなかった。

九月の終わり、篤志にしつこく催促されて淵野辺に帰った時は、本当に驚いた。

「内定おめでとーう。よく頑張ったね！」

篤志と響子、響子のボーイフレンド、そしてかつてのサークル仲間らが、餃子とケーキを用意して待っていてくれたのだ。バイト先に就職が決まった、と告げたきりになっていたことを思い出した。篤志の笑っていてもへの字の唇を見つめるうちに、切なくなった。まったくなんという鈍感で善良な男だろう――。自分で自分が恥ずかしかった。一体、何をやっているんだろう。こうしてちゃんと居場所があるのに。ぬくもりや信頼関係を手放してまで、何を得たいというのだろう。

そして、現在に至る。どちらかに別れを告げよう、いやいっそ一人になろう、と何度も思ったのに、どうしても決心がつかない。結果ずるずると二股をかけることとなり、ついに卒業を迎えてしまったのだ。このままだと、淵野辺と青山を行ったり来たりする二重生活は社会人になっても続くだろう。

ああ、何も考えずに二つの時間を楽しめたら、どれほどいいだろう――。毎日、良心の呵責《かしやく》でどうにかなりそうだ。いくら考えてみても、小井出さんと篤志の両方が自分には必要で、逆に言えばどちらか一人では物足りないことがまざまざと突きつけられる。自分はいつからこんな卑怯な人間になってしまったのだろう。

着陸が近いことを告げるアナウンスに、みなみはようやく我に返った。飛行機が大きく旋回したのが、みぞおちにくる重みでわかる。主翼の向こうに、夕暮れに包まれた広大な大陸がぼんやり透けた気がして、香夏子と一緒になって窓の外を覗き込んだ。

「ね、いい旅になるといいね、みなみ」

「香夏子も。帰国したら会おうね。次に会うときは社会人だね！」

口ではそう言いつつも、日本に帰れば日々の忙しさに押し流されて、彼女との約束を忘れてしまうことは目に見えていた。それでも、みなみは想像せずにはいられない。メキシコの旅が終わる頃、香夏子の選ぶ相手はどちらなのだろう。そして、みなみは一体どちらの男を選んでいるのだろう。すべてはこの目下に広がる太平洋だけが知っている気がした。

2

排気ガスが室内まで入り込んでくる気がして、窓を開ける気にはとてもなれない。

車のクラクションや走行音、スペイン語で口論する声がひっきりなしになだれ込んできて耳を塞ぎたくなる。ホテルの正面に位置するナイトクラブのネオンのどぎついピンクや黄色が、カーテンを透かして入りこむ。日本のビジネスホテルとなんら変わらない四角い天井を見つめ、みなみは大きくため息をついた。明日の夕方までひとりぼっちで過ごさねばならない。どうしてこうついてないのだろう。到着そうそう倒れるなんて。

中央広場のソカロにほど近い、このアメリカンスタイルの観光客用大型ホテルに到着するなり、近所のレストランで巨大な肉のグリルとパエリヤを食べ、マリアッチのショーを観ただけだというのに。昨夜は吐き気とだるさ、むくみが我慢できないほどひどく、添乗員の女性に相談したところ、ホテルかかりつけの専門医がすぐに部屋までやってきた。「高山病」と診断され、とにかく一日は安静にしているように、と強く命じられた。みなみは知らなかったが、標高二二八〇メートルのメキシコ・シティで、観光客のこうした症状は別段めずらしくもないらしい。ホテルには酸素ボンベが常備してあるという。もちろん、みなみ一人のために予定を変更するわけにはいかない。添乗員は、ホテルの日本人スタッフにみなみの世話をゆだね、早朝に皆と旅立っていった。

今頃、ツアーの皆はオアハカの町を思う存分楽しんでいることだろう。ガイドブックによれば、メキシコ・シティから飛行機で一時間のあの町は、バロック様式の建築物が並び、可愛いものと自然に溢れた伝統が息付く場所と聞いている。ツアーの目玉とも言っていい場所なので、口惜しくてならない。旅行の代金を日割り計算したりするのはみみっちい行為だが、損した分をどうにかして取り返さねば、と思うと気ばかり焦る。

暇にあかして、フロントで借りたノートパソコンをいじってみたが、日本でも出来ること、と気付きすぐに閉じた。テレビをつけると、見慣れた海外ドラマを放送していたのでしばらく目で追っていたが、スペイン語吹き替えのため、やたらとハイテンションな気がしてどうにも乗れない。ぱんぱんだった手足が元の細さを取り戻してきた気がしてほっとする。表に出る元気はないこともないが、すべてがおっくうだし、心細かった。

なにより、メキシコ・シティの空気の悪いことといったらどうだろう。みなみは萎《な》えていく自分を止められない。高層ビルの建ち並ぶ雑然とした灰色の町並みには、期待していたポップな色使いのコロニアル風建築物も、刺繡のエプロンを身に着けたメキシコ美女もサボテンも牧歌的なムードも、なに一つない。四車線のアスファルト道路には旧式のワーゲン・ビートルが一列になってのろのろと進み、町全体がスモッグで覆われているようにうすくけぶっている。メキシコ・シティを拠点にして、色々な場所に出向く、という香夏子の自由旅行スタイルはやはり賢い。ああ、自分に一人旅なんて無理だったのだ。誰かのつきっきりのサポートがあって、初めて伸び伸びできるタイプなのに。篤志と例年通り彼の実家である鳴子《なるこ》温泉に行くか、小井出さんに誘われるままニューヨークを旅すればよかったのだ。

バチがあたったのではないだろうか、と考えて、一層どんよりした。二股をかけるだなんて最低な真似をしたから、アステカの神様とやらの逆鱗《げきりん》に触れたのかもしれない。どちらかに電話してみようかな、と思い付き、慌ててきつく目をつぶる。旅の間は連絡をしないと決めている。孤独を引き受け、自分と向かい合わねば、せっかく一人で来た意味がなくなる。でも、向かい合うほどの自分なんているのだろうか。ものすごい美人でも、特別な才能があるわけでもなく、こうしている今も若さはどんどん目減りしている。篤志と小井出さんがいなければ、なんの取り柄もない、平凡な女だ。おまけに欲張りで誠実でさえない。最低の人間――。目頭が熱くなり、天井がぼやけていくのがわかる。

ドアをノックする音がし、みなみは跳ね起きる。恐る恐るチェーンをしたまま戸を細く開けると、なんと早乙女香夏子が立っていた。

「あ、思ったより元気そう。入ってもいいかな」

ごくフランクに彼女は言い、みなみは夢でも見ているのかと思った。

「香夏子、どうしたの？　どうしてここがわかったの！」

あまりのことに、すっぴんでスウェット姿なのも忘れて立ち尽くした。気ままな貧乏旅行ゆえ行き先も宿泊先も決めずに、メキシコを横断するとか言っていたはずなのに。

「ツイッターのアカウント、教えてくれたじゃん。インターネット屋で調べ物してた時にちらっと見たら『メキシコ一日目にしてダウン。足止めくらって大ショック。ホテルに一人』ってつぶやいてるから心配になってさ。みなみの言ってたツアーの名前で調べたら、シティではこのホテルってあったから、来てみたの。部屋番号はフロントで聞いた。私、この近所の激安ドミトリー宿に泊まってるんだよね」

　そう話しながらも、香夏子はずんずんと部屋に入ってくる。テンガロンハットとメキシコ刺繡のシャツがよく似合っていた。なるほど旅慣れた人間は、手荷物はできるだけ少なくし、現地で調達すると聞くけど、香夏子はまさにそのものだった。手にしたビニール袋をベッドの上に広げ、てきぱきと説明を始めている。

「高山病なんでしょ？　飛行機乗ってる時から体調悪そうだったもんね。ちゃんと水分とった方がいいよ。エビアンとミリンダ、屋台のスープとタコスを差し入れにきた。ミリンダ、飲んだことあるよね？　チベットに行った時、私も同じ症状になったことがあったんだ。大丈夫、大人しくしてれば、明日には絶対によくなってるから」

「本当にありがとう……」

　緊張の糸がふっと切れ、今度こそ涙がこぼれた。これが香夏子のあたたかさなのだ。長津田と吉沢さんの気持ちがわかる気がする。こんなに頼りがいがあって力強い相手と付き合ったら、可愛いだけの女の子など物足りなく思えるに違いない。

　ベッドの上に香夏子と向き合ってぺたりと腰かける。ペットボトルのまま飲んだミリンダは、焼き肉屋さんで飲む果汁ゼロパーセントのオレンジジュースみたいな懐かしい味がした。パッケージの色使いがビビッドだ。「カルド・ソチル」なる屋台のスープは、鶏肉、アボカド、お米入りで、ライムや香菜の爽やかな味わいが有り難い。昨夜の肉料理と香辛料が今も胃にもたれているせいもあって、喉をするすると滑っていく。添えられているプラスチックのフォークがショッキングピンクなところにメキシコらしさを感じ、思わずデジカメを取り出した。その様子を見て、香夏子は、

「目の付け所が女子っぽいなあ」

とやたらと感心していた。気付くとすっかり憂鬱な気分は吹き飛んでいる。今日はどこに行ってきたの？と質問すると、彼女はこう答えた。

「今日はさ、テオティワカンに行ってピラミッドに登ってきたの」

「テオティワカン？」

「『神々の座』っていう意味。メキシコ・シティから車でたった一時間で行けるアメリカ大陸最大の宗教都市遺跡」

「へえ、そんな近くにピラミッド！」

「太陽と月、二つのピラミッドに登れるんだよ。それぞれのピラミッドから見る景色が全然違うんだよ。いやあ、壮観だった。頂上から見る『死者の道』の上の青空がさあ……。マヤの予言を信じているわけじゃないけど、なんか人智を超えた力を感じたよ。足腰は今もかなり辛いけどね」

なにもかも初めて聞く話ばかりだ。旅行前にたくさん下調べをしてきたつもりだったのに、香夏子と話しているとたくさんの取りこぼしに気付かされる。

あいづちをうちながら、紙に包まれたタコスを噛みしめる。

――コリアンダー、チリ、クミン、パプリカ、オレガノ……。

自分で作るタコライスによく似た味がした。篤志の大好物である、ミートソースを作り過ぎた時の残り物メニュー。ミートソースにカルディで買った数種類のスパイスを加え、レタスとトマトに市販のサルサソース、目玉焼きをのせるだけで、見栄えのする丼になる。「外で食べるより、ずっと美味しい」と、ものすごく喜んでくれたっけ。

華やかなデートとは縁のない付き合いだけれど、篤志とのんびりと部屋に閉じこもって過ごすのは楽しかった。よく考えてみれば、みなみは昔からインドア派なのだった。就職したらプライベートな時間は少なくなる。その時、自分にとって大切になってくるのは、小井出さんとのよそゆきデートではなく、篤志と過ごすすっぴんの時間なのではないだろうか。ふいに、みなみは、香夏子にも聞いてみたくなった。

「ねえ、香夏子。長津田さんの良さはだいたいわかったけどさ、吉沢さんはどこがいいのよ。やっぱり、大人のデートができるから？」

ややあって、彼女は小さい声でこう言った。

「これは誰にも言ったことないんだけど、彼、死んだ父に似てるの。一緒にいると守られてるなって思う」

「そうなんだ。ごめん、聞いちゃって」

慌てて謝ったけれど、それは恋愛とは少し違うのではないか、とみなみは思った。守られることに免疫がないから、おそらく勘違いしているだけではないだろうか。なにも恋人にならなくても、彼女なら吉沢さんと末永くいい友達でいられるだろうに、とも思う。

「ねえねえ、ツアーのみんなは明日にならないと帰ってこないんでしょ。よければ明日は夕方まで一緒に過ごさない？　市場《メルカド》で雑貨が見たいなら付き合うよ」

香夏子の明るい声で我に返り、一も二もなく飛びついた。夜も更けてきたというのに、車のクラクションは一向に鳴り止まないけれど、もはや気にならなかった。

3

翌日、サンファン市場に到着するなり、みなみは思わず歓声を上げそうになった。

自分が待ち望んでいた光景はまさにここにあると思った。見渡す限り、鮮やかな色の洪水だ。キッチュでポップなメキシコ雑貨の山、山、山で、体が震えそうになる。空はからりと晴れ上がっていて、まるで蜷川実花《にながわみか》の写真のように濃い青色だ。ようやく自分にとってのメキシコの一日目が始まったのだ。乾いた暖かい外気の中、スペイン語が飛び交い、スパイスと花の香りが立ち昇る。屋台の店先を眺めているだけで、いやがうえにも心が高まった。虹色の織物「サラッペ」や美しいグラデーションのパレオが無造作に積んである横には、ガラス玉のアクセサリーが輝き、ダイナミックな花模様のタラベラ焼、ブリキのオモチャ、メキシコ衣装のバービーやら手作りの風合いが目を引く布人形が飾られている。そして待望の死者グッズまで、あらゆる場所に所狭しと並んでいるではないか。骸骨《がいこつ》や悪魔をモチーフにしたほんのりとグロテスクな人形やグッズ。このために海を越えてやってきたと言っても過言ではない。東京では取り扱っている店が少ないため、見付ける度にどんなに高くても無理して買い集めてきたのだ。

「うっわー、香夏子。ここ、最高！　もう何時間でもいられそう。うわ、あのお店、すっごく可愛いし」

甲高い声をあげ、たすきがけしたスエードのバッグからデジカメを取り出す。髭面の男が店番をする、サラッペの店を写真に収めようとしたら、急に香夏子が腕をつかんだ。

「お店の人、睨んでるよ。そういうの失礼。みなみにとっては楽しい買い物かもしれないけど、こっちの人にとっては死活問題なんだから。メキシコが貧富の差の激しい町だって知ってるよね」

いつになく厳しい口調で止められ、しぶしぶカメラを仕舞う。髭面の男がにやっと笑っていて、むしろ歓迎しているように見えたのでなんだか腑《ふ》に落ちない。

「ここ、決して治安よくないから、貴重品の管理はしっかりね」

ツアーにいた添乗員の女性を思い浮かべても、みなみの横にぴたりとついている香夏子はかなりプロっぽい。第二外国語で習得したとかで、スペイン語も日常会話レベルならなんなくこなせるのだ。地下鉄の乗り換えも、初めて来たとは思えないほど正確だった。ただ、出で立ちだけは、昨日と打って変わっていただけない。コロナビールのTシャツにソンブレロと呼ばれるつばの広い帽子なんて無造作に被っている。テンガロンハットは女の子にも似合うと思うが、ソンブレロではほとんどアミーゴのコスプレだ。

みなみは、とりわけたくさん死者のグッズが並んでいる店の前にしゃがみ込んだ。

「うわ、可愛い。これも可愛い」

伸びやかな配色でペイントした木箱に、ドールハウスよろしく骸骨のミニチュアが飾られている商品に目を奪われる。店の主である老婦人は、無表情にこちらを見下ろしていた。浅黒い肌に深い皺が刻まれている。彼女が腰に巻いている刺繍入りエプロンがなんともキュートで、厳しい顔つきとのギャップに思わず笑みがこぼれた。

「みなみは可愛い、が多いな。さっきのフリーダ・カーロの博物館でも、ずーっと可愛い、可愛い、連発してたし」

極めて悪気のない口調だったけれど、みなみはかすかにむっとした。可愛いものを可愛いと言ってなにがいけないのだろう。悪いけれど、香夏子のようにいささかセンスに欠ける人間に言われたくない。

「えー、だって紺色に近い青いペイントの博物館がまず可愛いかったし、フリーダ・カーロの作品もキッチュでポップでキモ可愛いし、眉毛がつながっているところも可愛いじゃない。お土産コーナーで売ってる着せ替え人形もすっごく可愛くて……」

思わず、あ、とつぶやき、ぺろりと舌を出した。香夏子はやれやれ、といった様子でため息をつく。

「みなみはさあ、なーんの興味もないんだよねー。彼女が交通事故や難病を乗り越えてたくさんの作品を生み出したことも、リベラとの結婚生活やトロツキーとの出会いもさあ。恋愛で悩んでいるって言うから、その辺りをもっと語り合えると思ったのに」

「え……。あー、感じた、感じた。フリーダの生き様みたら、私達のコイバナなんかどうってことないって気がしてくるよね」

軽く笑いとばしたけど、香夏子は反応しなかった。ソンブレロで顔が陰になって、表情が読み取れない。

「今朝、大聖堂《カテドラル》に行った時もそうじゃん。写真ばっか撮って、クリスチャンでもないのに、お土産屋でマリアグッズだの、宗教画だの、せっせと買い集めちゃってさ」

「だって色使いがポップで可愛いし、ああいうモチーフ流行ってるし……」

言いかけてやめた。朝から香夏子はどことなく機嫌が悪い。自分が何かまずいことでも言っただろうか、と気にかかるが、もはやささいなことで気持ちを止めたくなかった。一日ロスしているのだから、全力で取り返したい。箱入り骸骨といくつかのアクセサリーを買い求め、店を後にした。市場を歩きながら、香夏子の説教はなおも続いている。

「この町はさ、もともとは先住民アステカ族の作った巨大都市テノチティトランなんだよ。それでさ、一五二一年にこの町を占領したスペイン人が周囲の湖ごと全部埋め立てちゃったの。つまり今、私達が立っている町の下には湖と古代アステカ遺跡が眠っているわけ。地盤沈下が起きてるのはそのせい。ほら、大聖堂もピサの斜塔みたく傾いてて、写真撮っている人が何人もいたでしょ？　町中の石畳もでこぼこだったじゃない。つまり、一つの文化の崩壊の上に今の文化がそのまま乗っかっているから、やっぱり綻んで来るわけで……」

何も感じないのか、というこちらを責めるような顔つきに、彼女の意図するところがおぼろげながら理解できた。混沌としたメキシコから学んで今の自分に活かせ、ということらしい。確かに、淵野辺の自分に上書きした青山の自分は、この町の成り立ちに大いにかぶる。しかし、今のみなみにとって、古代アステカ遺跡より、目の前の骸骨グッズの方がはるかに重要だった。

「はー、そうなんだ。すごいね。香夏子、ミステリーハンターみたーい」

軽く流そうとしたら、かっとなったように香夏子は突然、足を止めた。

「この町の歴史的背景や民族の死生観とか何も知らないのに、宗教グッズとか死者の祭りグッズを買いあさるのってどうかと思うよ。いくらなんでも軽薄じゃん？　ほんとうに四年間、史学やってきたの？　この国の歴史に興味なさすぎなんだよ」

なにこの子、超面倒くさい――。げんなりして、みなみは舌打ちをこらえる。篤志と口論になる寸前の空気にそっくりで、たちまち苦い気持ちになった。みなみだって莫迦ではない。死を忌むべきものではなく祭るべきものと、価値観を変えざるを得なかったメキシコの悲劇の歴史ぐらい知っている。でも、そんなことをわざわざ情熱的に語らなくてもいいのに。もしも、みなみが浅はかに見えるとしたら、それは香夏子の「いかなる時でもお勉強せねば」という優等生的強迫観念のせいだ。

小井出さんであれば、みなみの意味するところを瞬時に理解してくれるのに。その辺のギャルが連発する「可愛い」とみなみのそれは重みが違う。デザイン性が優れている、色彩が美しい、世界観が確立されている、素晴らしい文化だ、という賞賛や敬意をすべて含んだ上での「可愛い」なのだ。ここに彼がいればいいのに、と思う。小井出さんと二人で手をつないで市場を回ったら、どれほど楽しいだろう。

しかし、不機嫌そうではあるものの、香夏子は決してみなみの隣を離れようとしない。

レイバン風サングラスをかけたあやしげなアロハシャツの男が近づいてくると、さりげなくみなみの腕を引いて自分の陰を歩かせたりする。得意のスペイン語を駆使し、値切り交渉までしてくれた。宝塚風のきりりとした美貌も相まって、なんだか男以上に男らしく感じられた。口惜しいけれど、惚れ惚れしてしまう。こんな安心感は小井出さんとの海外旅行でも得られなかった。

そもそも、あまりにも趣味や話が合うあまり、小井出さんと一緒にいても異性といる感覚が薄いのだ。浮気の罪悪感を抱きにくいのもそのためなのかもしれない。仲の良い年上の女友達と一緒にいるみたい、と感じる時もある。実を言えば、会社でも「ゲイではないか」との噂が立っているくらいだ。できるだけ気にすまいとしているが、篤志に比べるとセックスもかなり淡泊だった。さらに、金銭感覚がちょっとおかしいのでは、と思う時がある。オーダーメイドのシャツや輸入物のソファ、なかなか予約のとれないフレンチレストランでのデート。バイヤーのお給料でまかなえるのかと不安になる。おそらく、貯金なんてほとんどしてないのではないか。みなみは学歴をさほど気にするタイプではないけれど、小井出さんが美大を中退しているため高卒であることも、ほんのちょっぴり引っかかっている。

少なくとも大手出版社に就職する香夏子の方が、高学歴、高給取りなのは確かだ。彼女がもし男だったら、篤志よりも小井出さんよりもはるかに条件の良い相手なのだ、と判断するとなんだか無性に悲しくなった。

ふと気付くと、香夏子は銀のアクセサリーを扱う店で、なにやら店の主と交渉を始めている。

「思ったより、高く売れてよかった。これであきらめがつく」

そうつぶやくと、彼女は不格好なリングと引き替えに素早く紙幣を受け取り、グラシャス、と言いながら、逃げるように店から離れた。

「大事にしてる指輪だったの？　それなのに、売っちゃっていいの？」

あんなダサい指輪つけるくらいなら、駄菓子屋で売っている飴玉がついたリングをはめる方がはるかにマシだ、売って正解、と思いつつ、一応そう尋ねた。

「うん……。長津田とお揃いだったの。欲しがってたからプレゼントしたんだ」

みなみの中ではもともと低かった長津田とやらの株が、急激に下がっていく。

「ずっと捨てられなかったけど、これでやっとお別れできたよ。良かったぁ」

香夏子が浮かべた笑みは、ぞくっとして目をそらしたくなるほど、惨めなものだった。なんだか泣き笑いみたいだ。唇がおかしな方向に引っ張られ、目尻が下がりすぎている。

やっぱり早稲田生は存在全体が重たく、泥臭い。よく恥ずかしくないな、といたたまれない気分になった。ざらりとしたものをこれ以上感じまいと、慌てて青空を仰いだ。

みなみはわざと大声で「あれ、可愛いっ」と叫び、逃げるように屋台に向かって駆け寄っていく。

4

「じゃあ、夜ご飯は私の好きなところにしてもいいよね。これだけ、香夏子の趣味に付き合ったんだから」

そもそも、ルチャ・リブレの試合が始まる前から、二人の空気は険悪だったのだ。

「なに、その言い方！　ルチャ・リブレはメキシコの国民的娯楽なんだよ。絶対に観ておいてよかったってば」

いつの間にやら最終日。貴重な夕方の自由時間を、腹のつき出た中年男らのプロレスなんかで潰してしまった。みなみは口惜しくてならない。市場で見付けた選手《ルチャドーレス》を象《かたど》った人形のカラフルな色使いに惹かれ、キッチュでポップなショーを期待して、のこのこと付いてきた自分が莫迦だったのだ。地下鉄に揺られて治安の悪い地区まで出向いた上、不衛生な会場にすし詰めで座らせられた。覆面レスラーの汗臭い試合が延々と続き、すっかり退屈し疲れてしまった。今もお尻が痛くて仕方がない。表に出るとすっかり暗くなっていて、げんなりした。

タクシーで移動する間、二人はずっと無言だった。まるでドロップみたいに単純な色合いのネオンが窓の外を流れていく。この夜景もみなみには今夜で見納めだ。時間の許す限りメキシコにいられる香夏子とは違う。こんなことならツアー仲間と一緒に、夕方の闘牛ショーに繰り出せばよかったのだ。

ああ、昨日のツアーは本当に楽しかった。日帰りで「銀の町」タスコに行って、ため息が出るほど可愛い銀食器を思う存分に堪能した。今日だって香夏子と合流するまでは、添乗員らとともにシウダデラ市場、ブエナビスタ民芸品市場、インスルヘンテス市場を梯子《はしご》し、値段の手頃な雑貨を買いあさった。ツアー仲間のＯＬや専門学校生との方が、香夏子よりはるかに趣味が合う。この旅に参加してよかったと、心の底から思った。

もはや、この融通のきかない女の子と一緒にいることが、みなみには耐えがたくなっている。それは向こうも同じだろう。言ってることは正しいだけに、つっぱねられない。どうしてこんな子に、一時でも憧れたりしたのだろう。

話に聞いただけだが、香夏子の恋敵であるポン女の麻衣子、吉沢の元恋人の慶應女子の亜依子先輩とやらの方が、よっぽど自分に正直で、同性として好感がもてる。香夏子のたやすく相手を悪者にできる言動が、もはや癪に障ってならない。歴史も文化も知らず、憧れだけで外国に来てなにがいけないと言うのだろう。

「ガリバルディ広場の近くに行くの？　夜は治安悪いよ。やめようよ」

「うるさいなあ。タクシーで移動するんだから、問題ないでしょ。ここにもの凄く美味しい日本食レストランがあるってガイドブックに書いてあるんだもん。お寿司がお薦めなんだって」

そう言うと案の定、香夏子は顔をしかめた。

「日本食ぅ？　明日はもう、帰国するのに？」

いい加減、大盛りで味付けも濃く油たっぷりのメキシコ料理に飽きつつある。まるで淵野辺キャンパスの学食名物「相模原《さがみはら》ランチ」だ。胃袋まで肉汁とスパイスで染め上げられている気分だった。そろそろ、酢の物やさっぱりしたお寿司を食べたくて仕方がない。香夏子は反論を続けている。

「なんでメキシコまで来て、日本食を食べなきゃいけないのよ。メキシコの日本料理ってだいたい美味しくないいんだよ。それに生の魚なんて絶対によした方がいいって。山に囲まれたメキシコ・シティに魚が届くまでどれだけかかると思う？　ね、どうせ明日には帰国するんだしさ、トルティージャやタコスを楽しんだ方がいいよ。外国まで来て、自分の国の食べ物に固執するのって、なんか傲慢だし……」

みなみはすべて無視することにした。この子に付き合っていたら、やりたいことなど一つも出来ない。旅慣れているとか、頭がいい、とかそんなことはもうどうでもいい。みなみは今、さっぱりした酢飯とキリリと冷たい生の魚をどうしても食べたいのだ。

ところが——。目指していた日本食レストラン「たまで」は、妖《あや》しげに点滅するネオンが目印だった。強面《こわもて》の大男達が通せんぼする入り口からして不穏だったのだが、店内に足を踏み入れるなり、みなみの落胆は決定的になった。作務衣《さむえ》姿のメキシコ人ウェイター達が「イラッシャイマセ！」と叫んだはいいが、狭く薄暗い店内は清潔とはいいがたい。何故か頭上を小さなミラーボールがくるくると回転していて、温泉街のスナックを思わせた。観光客の姿はなく、メキシコビールを飲んでいる地元の男達がじろじろとこちらを見ている。小さなステージスペースでは、マリアッチが中島《なかじま》みゆきの『トーキョー迷子』を奏でているのがなんとも異様だった。汚れた花柄のビニールシートがかかったテーブルに着くなり、一瞬で出てきた握りはとても寿司とは認めがたい代物だった。ほぼ砂糖だけで味付けしたようなボソボソした飯粒の塊に、チリソースをかけたカニかまやら、サボテンの果肉が載っている。慌ててメキシコビールを注文し、みなみはなんとかそれを飲み下した。香夏子は口にするなり眉をひそめ、それみたことか、という風に言い放った。

「ね、言ったでしょ？　外国まで来て、自国の食事をとろうとするのがそもそも悪癖なんだよ。こういう店が出来ることで、メキシコの正しい食文化が……」

「あ〜、もういちいちいちいち、うるさいっ！　頼むから、あんた、ちょっと黙っててよ」

　もう我慢できなくなって、みなみは怒鳴った。

「何をするにも、その国の文化だの歴史的背景だのを重んじなきゃいけないわけ？　あのさあ、私はここに観光で来てるわけ。何しようと私の勝手じゃない。この国の死生観なんてわかんなくても、死者グッズは買うわよ。だって可愛いもん」

「まだこのあいだのこと根に持ってるわけ？」

「私はあなたとはどうせ違うよ。主張だってガタガタだし、筋の通ったところもないよ。日本食が食べたくて、我慢できなければ食べちゃう。楽しかったら、二股だってかけるような女だよ」

　言ってしまって、すぐにしまった、と思ったが、もはや開き直るしかない。ミラーボールに照らされた香夏子の顔がまたたく間に、軽蔑《けいべつ》に染まっていく。

「えっ、呆れた……。まさか同時進行で二人と付き合ってるの？　そんなの人間として許されることじゃないよ。あなたは男だけじゃなくて、自分自身も裏切っているんだよ。目を覚ましなよ。いまに絶対にバチが当たるからね」

バチという単語が勢いよく胸に刺さった。何かが弾ける音が聞こえた気がする。このインテリ女、絶対に許すまい。みなみは唇を噛みしめた。やっていることはさほど変わらないのに、この、人を見下しきった態度はどうだろう。

「香夏子はさ、早稲女なんて、ってよく自虐トークするけど、それってさ、単に早稲男にされた評価でしょ」

「え……」

「私、気付いちゃったんだよね〜」

早くもメキシコビールが回ってきたらしい。みなみは意地悪く眉を上げてにやりと笑い、頬杖をついて香夏子の顔を覗き込む。

「早稲女が気にしているのは、ほかでもない早稲男からの評価なんだよ。わかってるでしょ？　この世の誰も、早稲女がイケてないなんて思ってないよ。あなたたちは、早稲男に傷つけられたことからいつまでも立ち直れないだけなんだよ。あなたたちを大事にしなかった男がいつまでも許せなくて、いつまでも忘れられないだけなんだよ。そのサバサバした言動はさ、弱さを隠すための鎧《よろい》なんでしょ」

まるで雷に打たれたように、香夏子はみなみをじっと見ている。

「香夏子、気付いてるんでしょ。自分には長津田さんしかいないって。長津田さんみたいな相手と付き合うにはどうしても吉沢さんの優しさが必要だから、繋いでいるだけなんだよ。でも、それ、好きと違うよ。ただの執着だよ。自分を受け入れてくれなかった人間にいつまでもこだわっているなんて、屈折したナルシシズムだよ。格好悪い。それはね、あなたのどうしようもないプライドの高さだよ。鼻持ちならないスノッブ女……」

自分の口からどんどん言葉が出てくるのに驚いてしまう。信じ難いことに、みなみは早稲女を言葉でやり負かそうとしているみたいだ。争いごとなんてなにより苦手なのに。これが旅先だからか、それとも酔いが回ってきているからか、もはや良くわからない。とうとう、香夏子が叫んだ。

「黙って聞いてりゃ、言いたい放題言ってくれるじゃない。このかまととスウィーツ女！」

目が血走り、歯茎が剝き出しになっている。

「可愛い〜、楽しい〜、ってそれしか言えないわけ？　楽な方、居心地がいい方に流れていくだけの人生が恥ずかしくないの？　一人が怖くて、ちやほやされてないと存在が確認できないから二人の男が手放せないだけじゃない。みなみは怠け者の依存女だよ。生きることと真剣に向き合ってないツケは今に自分で払わなきゃいけなくなるんだからね。結局、自分が好きなだけで、どっちの男も愛してないんだよ」

「私が男を大事にしてないって、なんであんたが判断できるのよ」

許し難い偏見、許し難いウザさに、みなみの頰はかっと熱くなる。

「きらきらしているのが、可愛くしているのがどれだけ大変だか、あんたなんかにわかるわけないわよっ。女であるためになーんの努力もしないくせに。長津田さんに大事にされなくて当然だよ。あんたといると息が詰まる、誰だってね！　父親代わりの吉沢さんにしときなさいよ。彼でなきゃあんたのこと受け入れられないって。でも、言っとくけど、それ恋愛じゃないけどねっ」

「あんたなんかに私の何がわかるのよ！　あんたみたいな女が一番嫌いよ！　自意識に搦めとられる私の苦しさがわかる？」

驚いたことに、なんと香夏子は泣いている。鼻水が垂れて目が真っ赤だ。こちらを指さし、金切り声でわめいた。

「この根性なしの体力なし！　お洒落のしすぎで毛が抜けろ！」

「私だって根性くらいあるわよ！　立ち仕事したことないくせに偉そうに！　販売員なめんじゃねえ！」

肩で息をしながら香夏子を睨み付けていると、店中の男達がこちらを見て笑い声をあげていることに気付いた。その中の一人がこちらに差し出した酒瓶と小さなコップに、二人は思わず顔を見合わせる。テキーラ。さる歌舞伎俳優をつまずかせた、度数の強いことで有名な悪魔のお酒。先に頷いたのはみなみだ。

「アミーゴ、グラシャス！」

酒瓶とコップを男からひったくり、テーブルにコンと音を立てて載せた。

「よし、勝負しよう。テキーラの飲み比べ」

「言ったわね？　じゃ、見せてもらおうじゃん。先に潰れた方が負け、ほら、いくよ」

香夏子はこちらを見据え深く座り直すと、優雅な仕草で瓶の蓋をくるくると回し開け、コップに酒を注ぐ。もはや店中の客が二人を取り巻いて、やんややんやの喝采《かっさい》を送っている。

みなみは透明な酒を夢中に飲み干す。思ったより口あたりがよくてきつくない。卓上にあった粗塩をなめると、いくらでも飲める気がした。見てろよ、早稲女――。青学の名誉にかけて、絶対に潰してやる。店中に爆発するような拍手と歓声が沸いている。マリアッチらは中島みゆきの『ひとり上手』を演奏している。

やがてそれらが潮が引くように遠のいて、ぼやけていくのをみなみは感じていた。

5

どこからともなく歌声がする。

気付けば、みなみはソカロに続く大通りを前に立ちすくんでいた。カーニバルは通りいっぱいに広がり、果てしなく続いている。沿道には見物人が溢れていた。そう、三月はイースターを祝う月だった。花ふぶきの舞う中、色とりどりの衣装で踊るメキシコ美人と黒髭の男達。あと数時間で空港に行かねばならないのがなんとも残念だが、最後の最後で目にすることが出来て本当に良かった。

二日酔いで頭ががんがんするけれど、鮮やかな色合いに目が覚めるようである。その時、すぐそばで声がした。

「みなみ」

傍らの香夏子の出で立ちを見て、みなみは驚いた。迷彩柄のつなぎにライフルを構え、頭にベレー帽を載せているではないか。

「香夏子、どうしたの、その格好。私、そろそろ日本に帰らないと……」

「そう、日本のみんなによろしくね。長津田と吉沢さんに会ったら心配ないって伝えて。私はメキシコに残るわ」

彼女は厳《おごそ》かにそう告げた。ふと気付けば、カーニバルの出演者達はいつの間にか軽武装した若者の一群に様変わりしていた。彼らが声を合わせて歌うのは青学の卒業生であるサザンオールスターズによる『Ｙａ　Ｙａ　あの時代《とき》を忘れない』ではないか。みなみは仰天した。

胸に残る　愛しい人よ
飲み明かしてた
なつかしいとき
秋が恋をせつなくすれば
ひとり身のキャンパス　涙のチャペル

もうあの頃のことは夢の中へ

あまりのことに言葉を失っていると、香夏子はきりりとした顔つきでこう言い放った。

「この国には指導者が必要よ。この数日のうちに見たでしょ。貧富の差、移民問題、はびこる麻薬の汚染。つねづね、私のキャラクターは日本に合わないと思っていたの。早稲女はどこまで行っても闘うしかないのよ。決めたわ。私、この国で革命を起こすわ」

「香夏子、待って！　早まらないで」

歩道の行進に飛び込む香夏子に、みなみは夢中で手を伸ばす。

「ビバ、メヒコ！　ビバ、メヒコ！　革命の心、我にあり！」

「香夏子！　戻ってきて」

はっとして目が覚めると、全身が汗でびっしょりだった。飛行機の座席に横たわるみなみの上に、読書灯だけがぽっかり点っている。辺りは暗く、エコノミーのほとんどの乗客が眠りに落ちていた。こちらを心配そうに覗き込む香夏子の顔を見て、ようやく意識がはっきりしてくる。

「みなみ、どうしたの。ものすごいうなされてたよ」

そうだった。ここはメキシコから成田に戻る帰りの飛行機だった。頭が痛くて仕方がなく、胃がずしりと重たい。空港に向かう際、タクシーから目にしたカーニバルと、厳重な手荷物検査の記憶がごちゃまぜになってあんな夢を見たのだろうか。

「二日酔いのせいだよね。あー、テキーラなんて飲み過ぎるもんじゃない。まじしんどい。早くシジミの味噌汁が飲みたいよう……」

どさり、と座席に身を預ける香夏子を見て、なんだ、日本食が恋しいのは同じじゃないか、とみなみは少しだけおかしくなる。テキーラ飲み比べは一体どちらが勝ったのか、もはや記憶は曖昧だ。ただ、ホテルに深夜に戻ったせいで、添乗員の女性にこっぴどく怒られたことは覚えている。

「あれ、香夏子、もう帰るんだっけ？　ていうか、なんで隣？」

「おいおい、オープンチケットだから帰りも自由に決められるんだよ。搭乗する時、みなみの隣の席が空いてたから移っていいって、キャビンアテンダントさんが許してくれたじゃん。昨日の夜、結論はもう出た。だからもうメキシコにいる場合じゃないんだ」

「結論？」

「早く帰って、長津田と吉沢さんに気持ちを伝えないとね」

「へえ……。そうなんだ。で、どうするの」

どきどきしながら返事を待つ。ややあって、香夏子は背筋をぴんと伸ばし、白い歯を見せた。顔色は悪いけれど、ふっきれたように爽やかな笑顔だった。

「決めた。私はどっちとも付き合わない」

「えええー!!」

思わず大声をあげてしまい、慌てて口を塞いだ。幸い、辺りの客はほとんど目を閉じている。香夏子はいつになく恥ずかしそうな顔でこう続けた。

「昨日の夜、みなみに言われたこと、けっこう、こたえた。でも、あの分析は事実だと思う。長津田のことはたぶんずっと好きだと思う。でもね、もう、闘う前にあきらめちゃうところから卒業したいんだ。私は自分を引き受けることに決めた。面倒でイタくて、傷つけられたことを忘れられない自分を引き受けることに決めた。もう、自由になりたいんだ。だって、自由が好きなんだもの」

やっぱり、早稲女、いや香夏子は格好いい。みなみは素直に認めた。少し前はこのまっすぐさにいちいち傷つけられたけど、今は違う。自分も彼女に負けたくない、とみなみは前向きな気持ちでそう思う。

「ね、みなみはどうする？」

「香夏子の後だと言い辛いんだけど……。決めたの。私、篤志と小井出さん、両方と付き合う。今後も二股をかける」

口にする時は緊張したけれど、もうためらいはなかった。香夏子が極めて真剣な顔で聞いてくれるのがありがたい。

「地盤沈下が起きても……、地盤沈下なんか気にせず、お祭りばっかりやって石畳を踏み鳴らす、メキシコ人に学んだのかも。軽薄でも、ずるくても、それが私なんだよ。もう、いいの。今の私には篤志と小井出さん、淵野辺と青山、両方が必要なの。二人いて、丁度一人分なの。ダサくて地味な私も、華やかで楽しい私も、全部本当だもん。私、絶対にバレないように上手くやる。人の二倍頑張る。ううん、万が一、バレても逃げたりしないんだ。修羅場でも受けて立つ。自分の欲深さと汚さを引き受ける。うん、これは私の革命なの」

そう、どちらかに傾かなくてもいいのだ。二つの文化を見事に融合させたメキシコ・シティが教えてくれたではないか。人の二倍愛す。どちらの男も不幸にすまい。清濁《せいだく》あわせ呑み、孤独を恐れず、たくましく生きていこう。洗練された嗜好と複雑なキャラクター、それが青女の持ち味なのだから。ため息交じりに香夏子がつぶやいた。

「みなみ、すごい。気骨あるわ。ここまで悪者になるのを恐れない人、見たことないよ。なんか、ど迫力。負けた気がする……。ま、絶対に痛い目に遭うと思うけどね」

「だよね、人生が地盤沈下を起こしそう。でも、ま、そんときはそんときよ。そういう香夏子もモテない街道まっしぐらだね。でもさあ、私達まだすっごく若いんだもん。なんとかなるでしょ！　ね、決意を表明して乾杯しようよ。私達の革命に」

みなみはキャビンアテンダントを呼び止め、無料のアップルジュースを二杯注文した。お酒はお互い、もうこりごりだった。窓のブラインドを開けると、朝日が眩しかった。暗い機内に光がまっすぐに差し込んでくる。

「ビバ、メヒコ！　サルー！」

「サルー！」

笑い合って紙コップをぶつけあうと、コップがひしゃげて甘酸っぱいジュースが頬に跳ねた。無性におかしくて笑い合う。飛行機は大きく旋回し、窓からは主翼越しに水平線が見えた。

二人を乗せた飛行機は、成田空港を目指して急速に高度を下げている。

仰ぐは同じき　理想の光

1

母校の早稲田大学を訪れるのは卒業以来で、早乙女香夏子にとっては約六年ぶりだった。この辺りになかなか来る機会がない。妹と住んでいた目白の女性専用マンションを二年前に引き払い、現在は会社まで歩いて通える半蔵門《はんぞうもん》に住んでいるせいである。高田馬場を通りかかることはあっても、なんとなく訪れるのが拒まれていた。

そもそも早稲田祭に来たのもこれが生まれて初めてだ、と告げると、向かいに座る担当作家の有森樹李は心底驚いた表情を浮かべた。

「えっ、大学生活四年間、一度も行かなかったんですか？　一度もですか？　早稲田に通っている間、一度も？」

「そんなに、おかしいですかねえ？」

きょとんと首を傾げてしまうが、有森樹李はなおも信じられないといった様子で、首を左右に振っている。

「せっかく早稲田に通っていたっていうのに、もったいなさすぎますよ！　見て下さいよ、このキャンパス。まるで一つの町みたいじゃないですか。日本の教育文化の集大成ですよ。実は私、現役の時、第一志望校が早稲田で、落ちちゃって……。いまだに憧れているんですよ。早稲女、なりたかったなあああ！」

学生らの手による、べたべたと甘いばかりのみたらし団子を紙コップ入りのお茶で流し込みつつ、ふいに自分がものすごい損をしているような思いにとらわれた。

8号館ロビーは複数のサークルが屋台を出していて、賑やかだった。縦に連なったテーブルは、焼きそばやクレープを食べる学生でひしめいている。おしゃべりに夢中の隣の学生の肘にぶつからないように注意しつつ、こんな風に隣を気にしながら食事をするのは久しぶりだと気付く。ガラス張りのため屋外がよく見渡せた。イチョウ並木道の木々が色づき、十一月の張り詰めた青空によく映えている。周りの喧噪に負けまいと、有森樹李はもともと大きい声をさらに張り上げた。

「早乙女さん、文化祭に行かないで何してたんですか？」

「うーん、部屋でゴロゴロしていたり、バイトをしたり、あっ、時期的に神保町《じんぼうちょう》の古本市に行ったり……とか。でも、周りの早稲女もそういう子多かったですよ」

「うそお。こんなにたくさん女子学生がいるじゃない。信じないわ、私」

半信半疑の有森樹李を納得させるために、香夏子は注文を取りに来たエプロン姿の女子学生を呼び止めた。

「すみません。あなた、ここの学生ですか？」

「いえ、ポン女ですけど……」

「そうですか。どうもありがとう」

　怪訝な顔の女子学生を見送ると、ほらね、という風に有森樹李に向き直る。

「あんな風に目立つポジションで華やかに活躍する女子学生は、大抵他大って決まってますから。少なくとも私の周りの早稲女は、むくわれない裏方か、お祭りごとが苦手な子が多かったかもしれません」

「でも、早乙女さんって、演劇サークル入ってませんでしたっけ？　私も大学の頃、演劇サークルだったからわかりますけど、学祭シーズンって公演やら屋台の出店やらで一番忙しくないですか？」

　演劇の経験があると聞いて、香夏子は妙に納得した。前のめり気味の姿勢ではっきりとした口調で話す有森樹李は三十代半ばにしては浮き世離れしている。芝居がかった言動は、繊細な持ち味で知られる作品にはそぐわない印象だ。原色の色使いが鮮やかなワンピースや逆毛を立ててヘアトップを盛り上げた髪型も、どことなくミュージカルの登場人物を思わせる。

「演劇サークルとは名ばかりで、ただの飲みサーでしたから。うちのサークルは一度も舞台に立ったことはないんですよ」

「えっ、なんで」

「部長兼脚本・演出担当が、一度も作品を書き上げなかったからです。ハハハ……」

「それが、香夏子先輩の彼氏だったんですよね」

にやにやしながら割り込んで来たのは、左隣に控えていた入社二年目の若林菜穂子《わかばやしなおこ》だ。香夏子はかすかにムッとして奥歯を噛む。自分の口からなら、いくらでも自虐ネタを披露できるが、たいして仲も良くない後輩に暴露されると、見下された気分になる。我ながら面倒な自意識のあり方だと思う。

経験の浅い菜穂子のサポートのような形で香夏子が加わり、二人で有森樹李を担当して半年になる。早稲田大学の後輩ということで、わかり合えるような期待を抱いていたが、菜穂子の歯に衣着せぬモノ言いや、バッサリと切り捨てるような仕事のやり方にはなじめないものを感じていた。洗いっぱなしの茶色の髪は一見無造作なひとまとめだが、よくよく計算されているアレンジで、ショートパンツからすらりと伸びる脚はなめらかだ。すっぴんに近いメイクがむしろ女らしい。一見カジュアルな出で立ちでサバサバした言動ながら絶妙のタイミングで気配りを発揮する彼女は、社内で男受けがよい。こんなタイプの早稲女もいるのか、と香夏子はいまだに信じられない思いである。仕事熱心なのは認めるが、万事においてスマートな彼女がどうにも苦手だった。いつも伸び伸びとリラックスしている様子を見ていると、自分のような屈折を一生味わうことなく生きていけるのだと僻んでしまい、どうにも胸がくすぶる。年々、人への好き嫌いが激しくなる自分がうっとうしい。昔はここまで気むずかしくなかったのに。

「彼、何年も留年しているような夢追い人だったんですよね。香夏子先輩、その人とくっついたり別れたりしながら、長い間だらだら付き合ってたんですよね」

「わっ、なにそれ、早稲田っぽいエピソード。いいじゃん、それ、いいじゃん！」

有森樹李が手を叩いて飛び上がらんばかりに喜び、ハンドバッグからメモをとりだした。そもそも、早稲田大学を舞台にし小説を書きたいと彼女が言い出したため、今日は菜穂子と共に母校を案内することになったのだ。有森樹李はボールペンをくるくるさせながら、唇をなめた。彼女がノッてきたとき特有の仕草である。

「もしかして、今もその彼氏と別れられなくて、同棲していたりする？　それで彼氏は物書きの夢をあきらめられなくて、ろくに働かず、早乙女さんが養っているとか……。このままでいいのかなあ、と時々不安にはなるけれど、棄てることもできなくて……」

胸の奥が引きつれるような感覚をおぼえた。今もなお、何度も何度も想像する生活だった。あのまま長津田と別れていなかったらどうなったのだろうか――。

「いえ、本当に卒業してから会ってません。一度も」

「なーんだ、理性的なのね。ま、普通そうよね。いまだに学生の頃の彼氏を引きずっている、アラサーなんていているわけない、か」

あからさまにガッカリした顔の有森樹李を見ると、香夏子はいても立ってもいられなくなる。彼女が何か喜びそうなエピソードはないか、と忙しく頭を巡らした。編集者の性《さが》というより、自分の経験をネタとして話すことに喜びを感じてしまう。信じられないくらい辛い失敗も恥ずかしい過去も、言葉にして人に差し出してしまえば、なんでもないことに思えてくるところが好きだ。選択肢が二つあれば「よりネタになりそうな方」

を選んで飛びつくくせは、持って生まれた性分だった。

「いや、そんなことないですよ。私、きっと存分に引きずってますよ。だってあれっきり六年も何もないですから」

「えーっ、本当？　六年も？　なんにも？」

これには菜穂子もぎょっとしたと見えて、紙コップを倒しそうになっている。有森樹李は半信半疑といった表情だ。

「え、だって、香夏子さん普通に美人じゃないですか。編集者なんて出会いも多いし、男の一人や二人、寄ってくるでしょ？　その話、つくってるでしょ？」

「本当に、全く、まーったく何もないんです。何もなさすぎて、びっくりするくらいです。完全なる鎖国状態です」

「鎖国って！」

「仕事して家に帰って、夜明けまでネットをする。その繰り返しだけの味気ない日々です。時々寂しくて死にたくなりますよ。一人遊びに抵抗ないタイプではあったんですけど、去年くらいから耐え難くなってきて。寂しいってこんなに辛いもんなんですね」

自分にも言い聞かせるごとく、香夏子はくっきりくっきりと発音する。自分の言葉に激しく傷ついてもいるが、同時に妙な快感もともなっていた。

本当にその通りなのだ。眩しげな視線で見つめてくる男も何人かいたが、香夏子が自分の気持ちがよくわからず戸惑っているうちに皆、あっさり姿を消してしまう。誰一人としてねばり強く待ってくれる人間はいなかった。もはや、恋愛とはどのように始めるのか、そして人を好きになるのはどういうことか、香夏子はよく思い出せない。きちんと交際したと言い切れるのは、二十八年間の人生で長津田ただ一人。十八歳の春、彼とどのようにして知り合い、どのように発展したのだっけ——。大隈講堂前でサークルの勧誘をされた時、自分はどんな笑顔を向けたのだろう。好きだから心に留まっているというよりは、恋のやり方を忘れないようにいつまでも思い出をなぞっているだけだ。

——こんなことなら、いっそ吉沢さんと付き合っていればよかった……。

吉沢の顔をぼんやりと思い浮かべる。三年前に社の受付嬢と結婚し、去年第一子を授かったらしい吉沢とは、人事異動で部署が離れたせいもあり最近ではほとんど会うこともない。香夏子に強い愛情を示してくれた生涯唯一の男性。彼ほど辛抱強く、真摯な態度で待っていてくれた人間は後にも先にもない。彼のせいで、理想のハードルが上がってしまった節もある。あの頃は吉沢の丁寧な接し方にどうしても慣れることが出来ず、随分と邪険に扱った。いや、男を邪険にする自分に酔っていたというべきか。大学を去るのと同じタイミングで、香夏子は長津田と吉沢の両方に別れを告げた。あの二十二歳の春、香夏子は自分の決断に絶対の自信を持っていた。二人と別れることで、自分は何ものにもとらわれない、さらに強くさらに大きな女性になっていると思っていた。ここまで打算のないまっすぐな判断は、普通の女の子には出来ないだろう、と得意になっていたところも少なからずあった。

あの頃の自分が今の自分を見たらなんと思うだろう。過去の決断をいじいじと後悔し、三十歳を前に一人の時間をもてあましつつあるごく平凡な女。まさかこんな感情を噛みしめる日々を送るとは予想だにしなかった。

「先生、話はそれくらいにしましょう。記念会堂でそろそろお目当ての小室哲哉《こむろてつや》のライブ始まりますよっ」

菜穂子の声で、香夏子はようやく我に返る。有森樹李はまだこちらの話を聞きたそうではあるが、腰を上げた。

「はあ、あの天下の小室哲哉も母校の大学の学祭で演奏するところまでになったのよね。ＴＫが早稲男って、なんか納得だなあ。才能はあっても、現実的なことが苦手なタイプなんだろうなあ。私も年とるわけだあ」

「えっ、そんなにすごい人なんですか？　小室哲哉って。裁判沙汰になったアーティストってイメージしかないです。私」

「若林さん、平成生まれだもんねえ。えーと、なにから話そう。ＴＭ ＮＥＴＷＯＲＫって知ってるかな？　この曲知らない？」

「Get Wild」を口ずさむ有森樹李を横目に、香夏子も立ち上がる。窓ガラスにかすかに映ったパンツスーツ姿の自分は、質のいい鞄と腕時計を身に着け、さっそうとした佇まいである。まさにあの頃憧れた大手出版社の女性編集者そのものだ。努力して最大限に理想の自分に近づいたつもりなのに。それなのに、どうしてこんなにも途方にくれて、キャンパスを見渡しているのだろう。これでは、二十二歳の自分と何一つ変わらないではないか。

2

深夜の神楽坂《かぐらざか》をゆるゆると下っていく有森樹李の乗ったタクシーを見送りながら、菜穂子は呆れたようにつぶやいた。

「あんなことまで話さなくてもいいのに。香夏子さん、まじで編集者の鑑《かがみ》ですよねぇ」

十一月ともなると、夜はいっそう肌寒い。菜穂子がバッグから取り出しふわりと巻き付けたトマト色のストールは、さりげないのに華やいでいて、彼女の魅力をそのまま象徴しているかのようだ。何も持ってきていない香夏子は、背中を丸めて腕組みし、夜風をなんとかやり過ごす。

学祭のライブが終わるとすぐ、いつものように飲み会の流れになった。作家の接待でよく使う神楽坂の個室イタリアンに到着するやいなや、有森樹李に聞かれるまま、長津田との思い出をあらいざらいぶちまけてしまった。三人でワインを何本も空け、腕時計に目をやれば、とっくに午前二時を過ぎていた。

「ねー、菜穂子ちゃん、この後、なんかある？　始発までゆっくり話さない？　そこにファミレスあるし」

苦手な後輩ではあるものの、なんだか一人になりたくない気がして、彼女の肩に馴れ馴れしく手を回す。めずらしく酔いが回っているだけではない。久しぶりに大学を見て、さまざまな思い出が蘇ってきたせいもあるし、夜の空気がいよいよ冬のにおいを含んでいるせいもある。今夜は誰かのぬくもりを感じていたかった。

「申し訳ないけど、遠慮します」

そっけなく言い捨て片手を上げ、タクシーを目で探す菜穂子を、香夏子は軽くこづいた。香水をつけない彼女だが、ふんわりとしたアロマの香りが夜気にとけていく。

「なにそれ、じゃあ、いいよ。私一人で飲むから。付き合い悪ーい。明日休みじゃない。それでも、アンタ、早稲女か？　早稲女ならとことん付き合えー！」

「あの、香夏子さんって、もしかして男性恐怖症ですか？」

いきなり切り返され、香夏子は言葉を失った。立ち飲みバーの青いネオンにぼんやり照らされた菜穂子は、すべてを見透かすような怜悧《れいり》な目をしている。一台のタクシーがゆっくりと彼女に吸い寄せられていく。

「見てると、男嫌いっていうより、男の目が怖いっていう風に見えますよ。男の目でジャッジされるのが怖いっていう風に。評価される前に、自分で自分にレッテル貼って、声高に商品名を叫んでいるっていう感じ。その早稲女のコスプレ、時々鎧に見えますよ」

なんと答えても傷ついていることがバレる気がし、香夏子は仕方なくへらへら笑う。

タクシーの後部座席に滑り込む寸前、菜穂子はふと同情するような上目遣いをこちらに向けた。

「いいかげん、早稲女なんてやめちゃえばどうですか？　もう二十八なんだし。そうしたら、楽になりますよ。じゃ、おやすみなさい」

　言ってすぐに、まずいかな、とでもいいたげな不安な色を浮かべたが、菜穂子はすぐに唇を引き締めた。彼女の乗ったタクシーがどんどん遠ざかっていくのを眺めながら、香夏子はまたしても最後の一人になったことに気付いてしまった。

　いっつも私が最後――。こんな風に、飲み会やパーティーで最後まで残るのが自分だった。心を砕いて盛り上げ役に徹し、気を回して駆け回り、潰れた人間の面倒を見る。それなのに気付けば一人になっていた。感謝されることはほとんどない。それどころか、なんの悪気もなさそうな人々に、さっきのような体を深くえぐる一言を投げつけられる。誰もが香夏子にならば何を言っても傷つかないと思っている。どうしてこんなに敬意を払われないのだろう。誰にも頼まれていないのに、道化役や世話役を引き受けてしまうのも何故だろう。菜穂子の指摘するように、レッテルを貼られる前に自分で自分を決めつけてしまう性分のせいか。ああ、少しも自由になっていない――。絶望的な思いで、星のひとつもない夜空を見上げる。

　心を込めて作った書籍を世に送り出すことで収入を得、自分だけの城と時間も手に入れた。思い描いていた人生の真ん中に今、自分は確かに立っている。それでも、香夏子には相変わらず、自信のかけらもない。ささやかな成功体験はすべて、どこか彼方に存在するブラックホールに転送され、吸い込まれていくようだ。いつも何かに縛られている。その何かの正体さえ、よくわからない。深夜の神楽坂は人足も途絶え、えぐれるような形の坂がひたすら闇を押し広げている。一人ぼっちで突っ立っていると、日常がどんどん遠ざかっていく気がした。

男性恐怖症か——。少女時代がぼんやりと蘇る。トラウマなどと呼べるほどではないが、心当たりがないわけではない。父親が亡くなってから、香夏子は一家の男役を務めていた。幼い妹のことも心配だったが、まだ若く美しかった母親に向けられる、大人の男達の値踏みするような視線がいたたまれなかった。町中、授業参観、保護者面談、親戚の集まり。母が男のぶしつけな目にさらされる度に、自分が辱《はずかし》められた以上の羞恥《しゅうち》を感じた。なんとかして母を守ろうといつもやきもきし、ことあるごとに大声をあげ、おてんばに振る舞っていた気がする。いつの間にか、異性の前では必要以上にがらっぱちを演じるようになっていた。社会に出、様々な男性に出会い、彼らもまた女性に負けないほど繊細で温かな内面を持つと知っても、身に付いた癖はそう簡単には直らない。それでも、香夏子がなんの恐れもなく向き合える男は、かつて一人だけ存在したのだ——。

スーツのポケットから携帯電話を取り出し、しばらく見つめていた。やめておこう、と強く思う。このまま一人の城に帰宅し、化粧を落とし、いつものように缶入りの発泡酒を飲みながら、朝までネットで遊ぶか、新刊の小説を読もう。つつましいかもしれないが、誰に話しても恥ずかしくない、まっとうな夜のやり過ごし方だ。しかし、思い浮かべただけで、心がどうしようもなく萎えていくのは事実である。冷蔵庫が開く時のパカッという手応え、湯船にうっすらこびりついた垢《あか》、パソコンの起動音に発泡酒のプルトップがひしゃげる角度。何百、何千回と繰り返してきた時間は、もはや香夏子の体の一部になりつつある。あの部屋自体が自分そのものである気がした。これから先もずっと、一人の夜を乗り越え続けていくことを想像したら、気が遠くなってきた。ふと周囲を見渡せば、親友の三千子も妹の習子も結婚している。菜穂子にはもちろん恋人がいるらしい。どうして誰も彼もすぐに相手を見付けられるのか、不思議で仕方ない。広い世界でただ一人の男を見つけ出し、相思相愛となり、一緒に生きていくなんて、ほとんど不可能に思える。大海原に一人でボートでこぎ出すような、気の遠くなるような無謀な冒険だと思う。寂しいのを通り過ぎ、もはや一人で過ごすことにどうしようもなく飽きていた。

——どうせ、つながらない。つながりませんように。

大きく深呼吸すると、いまだに暗記している長津田の携帯電話番号をタッチする。六年ぶりの連絡だ。まず番号は変わっているだろうし、仮に香夏子と気付いても出ないかもしれない。こんな時間だし、とっくに寝ているだろう。自分は今酔っているし、決して未練があって連絡を取ろうとしているわけではない。何度も自分に言い聞かせ、呼び出し音を数えながら目をつぶる。つながりませんように、と最後に一度だけ強く祈った。

——すっげー、懐かしい。香夏子、何年ぶりだよ？

乾いてざらりとした声。語尾が甘く消えていく癖。みぞおちの辺りがキュッと締め付けられ、香夏子は乾いた唇を開く。何故か涎が一筋流れおち、慌てて手の甲で拭った。短い間にこんなに唾をためていたことに自分でも驚いてしまう。すれ違った酔っ払いが、暗闇でもそうとわかるほど顔をしかめている。

「あはは。まじ？　まじで長津田？　つながると思ってなかった、おかしー」

思ったより、するりと言葉が出て安心した。落ち着け、落ち着けと言い聞かせながら、精一杯なんでもない風を装う。

——なんだ酔ってるのかよ。酔った勢いで電話とか、おっさんぽいなあ。

へへへと、陽気に笑いつつ、この惨めさに鈍感になろうとする。

——今、どうしてんの。お前、あれっきり早稲チャリの集まりに顔出さねえんだもん。

「ごめん、なんだかんだと忙しくて」

——付き合いわりいな。永和出版勤務だもんな。そりゃそうか。でも、話せてよかったよ。

長津田が自分の職場を覚えていてくれることが、驚くほど心を温めた。もはや、自分から誘うことになんの躊躇もない。ここまで来たら恥などないに等しい。

「ね、あの、今から出てこれる？　よければ飲まない？　私、神楽坂なんだけど」

ややあって、あっさりとした答えが返ってきた。

——いいよ。今、水道橋《すいどうばし》に住んでるから、すぐ出られるし。

「えっ、うそ。近所じゃない」

——その辺にジョナサンない？

「あ、あるある。今立ってる場所から見えるよ」

——そこで待ってて。十五分で行く。

通話は途絶えた。数十メートル先に輝くファミリーレストランのピンクの看板を見上げ、こうしてはいられないと足を速める。時間がものすごいスピードで動き出すのがわかった。作家に会う日だったため、パリッとした出で立ちをしている。しかし、散々飲んで騒いだために、マスカラは滲み口紅も落ちていた。一刻も早く髪と化粧を直し、心を落ち着け、ドリンクバーで何気ない雰囲気の飲み物をチョイスし、ゆったりと彼を待たねばならない。

店に入り、迷いもなく喫煙席に突き進む。最近は禁煙を心がけているが、長津田は変わらずヘビースモーカーだろう。ソファに鞄を置くなりポーチを引っつかみ、化粧室に駆け込んだ。筆を使っていつになく丁寧に口紅を塗りながら、どうしようもなく心が弾むのを感じていた。これはもしかして、今なお長津田が好きということなのかもしれない。自分は長津田のことをずっと忘れていなかったのかもしれない。六年間一人でいたのは彼を思ってのことだったのだ。時間は無駄ではなかった。そう思うと、肩から力が抜けていく。心の重荷がひょいと取り去られた気分だ。もう大海原にこぎ出して、誰かを探す苦労をしなくていい。何も言い訳しなくていいし、取り繕わなくてもいいのだ。

ドアが開き、夜風とともに彼は姿を現した。

窓際のソファ席に腰掛け、だったんそばの茶葉がゆっくりと開くのを見つめている自分は、さぞ余裕たっぷりに映ったことだろう。六年ぶりに会う長津田が一瞬、見とれたことを、香夏子は見逃さない。連絡したのはこちらだから、失点は早く取り戻さねば。こんな風に計算できる自分はやはり、大人になったのだろう。

「ひゃあ、変わったなあ。全然わかんなかった。久しぶり」

そう言いながら目の前に腰掛けた長津田に笑いかけ、ほんのりと失望していた。あれ、こういう男だったっけ――。すっきりとした短髪で髭も綺麗に剃られている。パーカとデニム、というあの頃と変わらない出で立ちなのに、どことなく清潔感を覚えた。とはいえ、顔はかなりむくんでいるし、腹回りにも肉がつきはじめた気がする。考えてみれば、長津田はもう三十一歳なのだ。それでもそう醜い変化ではない。むしろ、あの頃よりはるかに親しみやすく、明るい印象を与える。口元に浮かぶ笑みは当時のように皮肉っぽくなく、純粋に懐かしさを滲ませていた。こういうタイプは意外といい父親になるだろう。父親――。そう、長津田と縒りが戻れば、出産のリミットを心配する必要がなくなる。自分一人の稼ぎがあればなんとかなるだろう。長津田は家にいてさえくればいい。子供を授けてくれれば他に多くは望むまい。こんなに物わかりのいい女が、長津田ごときに現れるわけがない。

ウェイトレスにビール、と注文した長津田がこちらに向き直るのを待って、さっそく質問をぶつける。

「なんか、若返った気がする。今、なにかやってるの？　元気そうでよかった」

「センターヴィレッジっていう、芸能プロダクション知ってるか？　弱小だけどさ。あそこでマネージャーやってる」

全く予想していなかった答えに、香夏子はしばし言葉を失う。

「マネージャー？　あんたが？　留年がかかった期末テスト当日も人に起こしてもらわないと起きられなかったあんたが？　人のサポートぉ？」

「失礼だなあ。杉野っていたじゃん。あいつの勤めている会社の系列でさ。卒業してからしばらくブラブラしていたんだけど、やつの紹介で入ったの。去年、契約社員から正社員になったんだ。舞台とかよく観られるし、休み少ないけど、楽しいよ」

全身の血がどくどくと脈打つ。とんでもない裏切り行為だと感じるのは何故だろう。てっきり、今も脚本家の夢を見て仕送りとバイト代で細々と暮らしていると思っていた。口ではご大層なことを言いながらも、一行だって書くこともなく、ただ時間を浪費していると思っていた。長津田は自分より社会的に下でなくてはならないのに。努力もしないで、好きなことだけして、のうのうと夢を語らねばならないのに。こんなのは長津田ではない、と怒りさえ覚えた。こんなにすんなりと社会に順応する長津田は長津田ではない。ここまで考えて、香夏子ははっとする。本来は喜ぶべきなのに。彼が本当に好きなら、これからやり直したいのなら、この変貌は喜ぶべきことなのに。この感じだと、やはり、彼のことを好きなわけではなかったみたいだ——。とどめを刺すように長津田はこう言い放った。

「あのさ、悪いけど、禁煙席にうつってもいいかな。俺、最近煙草やめたばっかで」

就職に禁煙。自分とまったく同じ道を辿っているのに、長津田がしょうもない俗物に思えるのは何故だろう。水の入ったコップと伝票を手に、席を移動しながら、香夏子は声が震えないように細心の注意を払う。

「へえ、もしかして、結婚してるとか？」

むしろ、そうであって欲しい気もした。これ以上、深く関わらなくて済む。彼と距離を置く理由が生まれる。好きで呼び出したわけではないことが判明した今、嫌な予感がむくむくと湧いているのだ。足を踏み入れたら二度と抜け出せない、底なし沼のようなオーラが彼を取り巻いている気がした。長津田はあっさりと言った。

「いや、そんな予定ぜんぜんない。ただ、今担当しているグラドルが煙草とかダメな子で」

「あ、そうか。なんだ」

落胆すべきか喜ぶべきかよくわからなくて、香夏子はすっかり飲む気が失せた、どんより濃い色に変化した手つかずの茶を見下ろす。まだ取り返しがつく。逃げ出すなら今だ、しかし、呼び出した手前、後に引けない責任と意地もある。

「なにホッとしてんの。そっちもどうせしてないんだろ」

長津田の視線がこちらの指先にさっと向けられた。こんな用心深さも昔の彼にはないものだ。これほど胸がちくちくする理由が、よくわからない。

「当たり前だけど、カリオストロの指輪してないんだな」

彼があの指輪を覚えている事実に、体中の血が巡り出した。

「あ、当たり前じゃん。とっくに捨てたよ、あんな安物。あんたももう持ってないくせに」

厳密には、捨てたのではなくメキシコの市場で売り払ったのだが、つっけんどんな口調で返す。

「安物って！　お前が買ったんじゃんか。ま、香夏子はなんだかんだで男が苦手だからな。なかなか次に行けないだろうと思うよ」

むっとして思わず彼を見つめ返す。訳知り顔で愛しげに目を細めている長津田が猛烈に疎ましい。昔の男にも後輩にも、簡単に胸のうちを見抜かれる。すべてがどうでもよくなって、香夏子はメニューに手を伸ばした。

「悪うございましたね。アンタにだけは先越されたくないですよ。よし、私もビール飲もうっと」

「あ、それならポテトフライ、頼んでいい？　唐揚げも」

「ファミレスで飲むなんて、なんか大学生っぽいなあ。成長しないね、私達。なーんも変わらないね」

メニューを広げ、大きく笑い合う。彼の笑顔はからりと明るく、すべてが過去になったことを香夏子はようやく認めた。私は今楽しんでいる、これは楽しい時間、と切れ間なく言い聞かせる。そうでもしないと、ぽろっと泣き出してしまいそうだった。苦しいのに、無性に懐かしい感情だった。大学時代、サークルで盛り上がっている最中、こんな風に唐突に世界から取り残されたような気分に襲われたっけ。周りが賑やかであればあるほど、どこにも居場所がない気がして、焦りがつのった。だから、ことさらに陽気に振る舞い、周囲にぺらぺらと話しかけることで、必死に自分を保っていた。

窓の外では次第に夜が明けつつあり、通りを青白く浮かび上がらせている。先ほど香夏子が立って電話をかけていた辺りに目をやると、数匹のカラスが生ゴミの袋を争うように引きちぎっていた。

3

ジェットコースターの乗客の絶叫で目が覚めたのは、昼過ぎだった。現在、長津田の住んでいる古いマンションは、白山《はくさん》通りを挟んで東京ドームシティの正面にあるのだった。そういえば、今日が土曜日であることを思い出す。東京ドームシティ内の賑わいがこの五階の部屋まで伝わってくるようだ。寝返りを打つと、隣で横たわる長津田と目があった。

「うるさいだろ、休日も全然眠れないんだよ」

照れくさそうな笑顔だった。香夏子は返事をせずタオルケットで顔を覆う。化粧を落としていないし、きっとひどい顔をしているはずだ。誰かの隣で眠るのは久しぶりで、なかなか寝付けず、わずか一時間前にようやく眠りに入ったばかりだった。

「住み始めの頃は、何が起きたのかと思ったよ。なんだかさ、こっちまでジェットコースターに乗ってるみたいだろ。このベッドごと、今にも急転直下する気分にならないか？」

タオルケットから目を覗かせ、細長い室内を見渡す。あの頃の名残を探そうとしたが、阿佐ケ谷のごちゃついたアパートの面影はどこにもない。意外なほど掃除が行き届いているし、持ち物は半分以下になっていた。まず、本とＤＶＤが激減している。何の役にも立たなそうだった土産物や、フィギュアのコレクションもどこにもない。好きなものに囲まれて、掃除もせず、怠惰《たいだ》に暮らしていた彼はもういないのだ。

それにしても――。六年ぶりのセックスはひたすらに痛かった。あちこちが引きつれ、体の内側がピリピリとしみるようで、とにかく落ち着かない。長津田も自分も、昔より肌が荒れていて体も重たく、幾度となく気まずい思いを味わった。相手に自分がどう映るかが気になって、目の前の行為に少しも集中できなかった。雑誌や本でよく取り上げられる「昔の恋人とのセックス」は、古巣に戻ったような安心感があり、しっくりと肌になじみ体がほとびるような快感を伴うということだが、それにはほど遠い。当たり前だが、時間のブランクは恋人を他人に戻してしまうのだ。これでは処女だった十八歳の春に逆戻りだ。これから回を重ねるうちに、感覚を取り戻し、だんだんよくなるのだろうか。しかし、とてもじゃないが、そんな意欲はない。今は一刻も早く半蔵門の自宅マンションに帰ってシャワーを浴び、自分の匂いの染みこんだシーツにくるまってぐっすり眠りたい。本やDVDでごちゃごちゃと散らかった1LDKが途端に愛おしい。数時間前は侘しく感じた一人の時間が、突然かけがえのないものに思えてくる。天井をしばらく見つめた後、タイミングを見計らい、香夏子は思いきって体を起こす。少なくとも、この部屋に自分の居場所はない。

「私、帰ろうかな。週明けまでに、読まなきゃいけないゲラあるし」

ちらっと長津田を見ると、心の底からびっくりした様子で目をしばたたかせている。狭いベッドゆえ、彼の体の三分の一は宙に飛び出していた。

「え？　冷たいなあ。せっかくだし、ここにいろよお。朝飯作ってやるからさあ」

長津田が甘えたように、こちらの背中に鼻をすりつけてくるのでどきっとした。こんなこと付き合っている最中は一度もされたことがない。

「……どうせあんたの朝食なんて、インスタントラーメンでしょ？」

「まさか。もう大学生じゃないぞ。出汁《だし》からちゃんととって、にゅうめんを作る。ふわふわのとろろ芋たっぷりの。叩いた梅肉を載せて。飲んだ翌日はこれって決めてるんだ」

思わず空腹を感じ、香夏子の決心はぐらついた。澄んだ出汁にあたたかい素麺と山芋がとけあう様を思い浮かべるだけで、重たかった胃が動き出す気がする。なにより梅干しは一番好きな食べ物だ。ものぐさな長津田が料理をするようになるとは。そういえば、もともと食への好奇心は旺盛《おうせい》だった気がする。たたみかけるように彼は、こちらの腕に手を伸ばした。

「寂しいじゃんか。もう少し、一緒にいようよ。こんな風に起きると隣に誰かがいるの、すごく久しぶりだし」

「ふうん……、どれくらいぶり？」

「二ヶ月くらいかな。前の彼女と別れたの、それくらい前だから」

心を動かされた自分が、莫迦だった。一瞬で忌々しい気分になる。こっちは六年ぶりだよ、と舌打ちしたい。

「へー……。芸能人？」

「まさか、舞台関係者」

結局、誰も彼もが自分より上手くやっている。香夏子はため息をつき、今度こそ長津田を押しのけるようにしてベッドを降りる。椅子にかかったままになっていた、下着とスーツを素早く身に着けた。

「本当に帰るのかよ？　お前いっつもそうやって、俺を置いて行くよな」

長津田はぶうぶう文句を言いながらも、カットソーと短パンを身に着け、香夏子の後を追うようにして、一緒に玄関を出た。どうしても駅まで送りたいという。

屋外はまるで夏のように日差しが強く、香夏子は何度も瞬きをした。通りに出ると、東京ドームシティを目指しているらしい家族連れやカップルと何度もすれ違った。期待に目を輝かせる彼らに引き換え、夕べの服を身に着けただけの自分と寝間着同然の長津田は、なんと薄汚いことだろう。子供の目に触れてはいけない気がする。遊園地の喧噪がよりはっきりと聞こえてきた。

とにかく今は深く考えまい。後悔していると認めるのは、ぞっとするほど悲しい。大学時代の思い出を一度に汚してしまった気分だった。香夏子が持っている唯一の本物の恋だったのに。自分はなんということをしてしまったのか。少なくとも長津田と過ごした四年間は嫌な記憶ではなかった。一人の男と徹底的に向き合った経験は、香夏子に確かな自信を与えてくれた。しかし、これから彼を思う時は、きっと砂を嚙むような気分を味わうはずだ。すべて自分の弱さのせい——。長津田が沈黙を破った。

「付き合っている頃は、遊園地とか行ったことなかったよな」

「そういえば、そうだね。家でごろごろするばっかりで。たまに遠出する時は釣りだったもんね……」

「ディズニーシー、なかなか楽しいぞ」

「げ、あんた、ディズニーシーまで行くようになったの？　そういうの好きなタイプだったっけ」

「まあ、アイドルちゃんのお忍びデートの付き添いだけどさ。今度二人で行ってみっか」

「……遠慮しとく」

お互いなんとつまらない大人になったんだろう。香夏子はさらに深くため息をついた。一人が寂しくて昔の恋人に連絡を取り付ける自分も、夢をあっさりあきらめ社会に迎合する長津田も。どうしてなかなか別れられなかったのか、今ならわかる。自分も彼も同レベルの人間なのだ。似たもの同士なのだ。なにものかでありたいと足掻《あが》きながら、結局のところ枠からはみ出ることのできない、早稲田大学によくいるタイプのお嬢さんとおぼっちゃん。もう会いたくない、と思う。でも、会わないでいることは不可能だともわかっていた。お互いの駄目な部分をここまでさらけ出した今、このままずるずると会い続けることは目に見えていた。こちらの感情を読み取ったかのように、地下鉄三田《みた》線に続く降り口に辿り着くと長津田は、「また会おうな。色々話せて楽しかった」と、念押しするように微笑んだ。彼が人の弱みにつけこむやり方まで習得したのかと思うと、やっぱりげんなりする。

——まかせて。香夏子には昔から世話になってるんだもん。今夜の合コンは絶対に勝ち戦にもっていくから。

電話の向こうで、三千子がどんと胸を叩く様が目に見えるようだ。

「いや、本当にありがとう。私、自分が幹事じゃない合コンなんて初めてで……」

午後三時過ぎの書籍編集部はたまたま全員が出払っていたが、香夏子は身を屈め口元を覆う。ブラインド越しにどんよりとした曇り空が見えた。こうしている内にも、刻一刻と冬が近づいている。一年で一人がもっとも堪える季節はすぐそこだ。

——まさかあんたから、出会いの場を提供して欲しいだなんてね。そういうの、絶対に嫌がると思ってたからびっくり。成長したじゃーん。よしよし。

なんと言っていいのかわからず、香夏子は曖昧に笑う。このままではいけない、なんとかせねば、という焦りが募り、プライドを捨てて親友に男の紹介を頼んだのだ。

長津田と再会してから二週間が経つ。自分でもうっすら予想した通り、すでに二回も会っていた。長津田のマンションに泊まり、昼過ぎまでだらだらと過ごす。甘えた顔つきの長津田を振り切るように、香夏子の方からいとまを告げるのが、もはや恒例になっていた。真剣な交際ではない。これがセックスフレンドというものなのかと思うと、心が冷えていく。気楽だけれど、どうしようもなく殺伐とした関係だ。現に「今夜は合コンで遅くなるから、あんたの家にいけない」とメールしたところ、「あっそ。いい男見つかるといいな」という返信がきたくらいだ。

——一人を殺すためだけに戦争を起こすって話、知ってる？　あれと同じで、香夏子の勝ちから逆算して人海戦術を考えたの。完璧なメンバーを揃えてるから。まあ、今夜は楽しみにしていてよ。あ、お客さん来ちゃった、じゃ、あとはメールする。

一方的に通話は途絶えた。三千子の軽やかさ、執着のなさを見習いたい、と携帯電話をデスクに置き、つくづく思う。新卒で入社したレストランチェーンを結局わずか二年で辞め、その後はアパレル企業に勤めたり、派遣会社に登録したりと、あらゆる仕事に少しずつ手を出しては放り出した結果、いつの間にか自由が丘《じゆうおか》の雑貨店兼カフェの雇われ店長になっていた。環境が目まぐるしく変わるように、付き合う相手もころころ替わった。それでも結局、店の客として知り合った同い年のSEと昨年入籍。いい加減に見えて、最後はきちんと落ち着くところに落ち着く生き様が、いかにも彼女らしかった。

「先輩、もしかして、合コンするんですか？」

菜穂子の声がして振り返る。一体いつからそこにいたのだろう。神妙な表情でこちらを見つめている。

「もしかして、この間、私が言ったこと気にしたんですか？」

なに言ってるの、酔っ払ってて覚えてないよ、と笑い飛ばそうとして、考えを改めた。取り繕い、平気なふりをしてばかりだから、しなくていい苦労をしてしまう。その結果、寂しくなると歯止めが利かなくなるのだ。香夏子は素直に頷くことにした。

「うん、めちゃくちゃ気にした。傷ついた。図星なだけにね。確かに、若林さんの言うように私は男性恐怖症なのかも」

ややあって、菜穂子が綺麗にカールした睫を伏せた。

「すみませんでした。失礼なこと言って。反省してます」

意外な言葉に目を見張る。勝ち気な彼女のことだから、絶対に反論すると思っていた。

「なんか先輩見てると、大学の頃の自分思い出しちゃうんですよ。嫌なことたくさん思い出すんです。それで、ついキツいこと、言ってしまうんです」

早口に言い立てたかと思うと、彼女はキッとまなじりを上げた。

「早稲男なんかの仕打ち、引きずっちゃだめですよ。あいつら、早稲女はいくら傷つけてもいいと思ってるんですから！」

菜穂子の目がうるんでいるのを見て、香夏子はぎょっとした。

「世界は広いですから。早稲女ってだけで粗末にするのなんて、やつらだけですから！　努力して変わりましょうよ！　変えていきましょうよ！　現に私、今大切にされてるし！」

自らに言い聞かせるような必死な形相に、香夏子はようやく彼女という人間を理解する。そういえば、彼女の大学時代のエピソードを一度も聞いたことがないのを思い出した。有森樹李に質問された時も巧妙にはぐらかしていた気がする。菜穂子も菜穂子で、何かにとらわれ、しなくていい苦労をしているのかもしれない。

「今日の合コン、頑張って下さい。先輩。早稲女だってモテるところを見せつけてやって下さいよっ」

ただの合コンが、いつの間にかここまで大事になっている。どうして、自分という人間は、こうも女達の注目を集め、心配されてしまうのだろう。やっとのことで、香夏子は作り笑いを浮かべ、頷いた。

5

――なにこれ。なにこのメンバー。

中目黒《なかめぐろ》の住宅街の中にひっそりと佇む創作料理屋の、カーテンで仕切られた個室に顔を揃えた女性メンバーを見て、香夏子は仰天した。

「あんたら、いつの間に仲良くなってるのよ！　信じられない。ええと、麻衣子ちゃん、何年ぶり？」

そこに並ぶのはなんと――。

サークルの後輩だった麻衣子、妹の習子、会社の先輩である亜依子、卒業旅行で出会って以来、定期的に連絡を取り合っている同い年のみなみだった。

「見たか。これが立教女のコミュ力よ！」

ざっくりしたねずみ色のニットから覗く鎖骨がいつになく人妻風の三千子は、得意満面に言い放った。

「亜依子先輩とみなみをうちの店に連れてきたのはあんたじゃないの。習ちゃんとはこの通りの仲だし、麻衣子ちゃんはね、大学の頃の縁で、最近ちょいちょい会って飲むようになってたのよ」

「先輩、お久しぶりです。サークルの集まり全然来てくれないんで、みなさん、寂しがってましたよ」

六年ぶりに会う麻衣子は少しふっくらしたようだ。噂によれば大手商社に就職して二年で寿退社したとのことだが、淡い色のアンサンブルにパールはいかにも裕福な新妻そのものだ。あの頃はサークルのマドンナだったのに、早稲田の男達にさっさと見切りをつけ、安定した場所で揺るぎない幸せを見付けたとはいかにも彼女らしい。自分はいまだに何一つ変わっていないというのに――。胸がざわつくのを誤魔化そうと、香夏子はメニューを引き寄せる。その時、はっとした。

「も、もしかして、みんな……」

「そうよ。早乙女さん以外、みーんな既婚者」

隣に座った亜依子が、にやりと微笑む。出産を経てそのノーブルな美しさにますます磨きがかかっていた。三年前、彼女が結婚した時は誰もが驚いた。相手は会社に出入りするアルバイト男性だったのだ。いかにも人が好さそうな彼はなんと亜依子の九歳下。当時は格差婚と騒がれたが、亜依子のサポートで彼はあっという間に中堅の広告代理店に就職した。二人の女の子にも恵まれ、育休を利用しながら独身時代以上に完璧に仕事をこなしている。ツイードのジャケットにゴールドのアクセサリー使いがまるで女優のようだ。

「つまり、どう考えてもお姉ちゃんに人気が集中するってことよ。しっかりね！　相手は亜依子先輩のご主人の知り合い。大手広告代理店のエリート揃いなんだからっ」

得意そうに頷いた習子に会うのは一ヶ月ぶりだ。大学一年から付き合い続けた賢介君と入籍後、私立女子高校の教員として働き始めている。以前のようなコンサバファッションは卒業し、あっさりした化粧にスキッパータイプの青いシャツがいかにも爽やかだ。ますますしっかり者の安定志向に磨きがかかり、会う度に説教ばかりされるようになっている。

「ええ、そんなの……、男の人達、怒りませんか？　独身は私だけなんて……」

モーマンタイ、とみなみが遠くの席から叫んだ。とろんとした目つきを見ると、早くも酔っ払っているらしい。雑貨輸入会社に就職したみなみはバイヤーに昇格し、一年中買い付けに海外を飛び回っている。十歳上のデザイン会社社長と泥沼不倫劇ののちに今年結婚。懐の広い兄のような夫を得たことで、みなみはますます若返り、キュートで奔放な魅力が増している。帽子や大ぶりのアクセサリー使いが素人離れしていた。

「いい、香夏子？　こんだけ綺麗どころを揃えれば、人妻相手でも嫌な気はしない。でも、真面目に出会い探しているタイプはみんな、あんたに行く仕組み。ものすごい完全犯罪でしょ？」

「犯罪って……」

急にプレッシャーを感じ、香夏子は逃げたい思いで入り口を見つめた。テーブルには女達のむんむんするような迫力が漲《みなぎ》っている。三千子はしきり役が楽しくて仕方ない様子だ。

「お店を選んでくれたのはみなみなの。習子ちゃんと麻衣子ちゃんは今日は完璧にヘルプに回る。みんなっ、予定通り、いいパスが来たら私かみなみに回して。亜依子さんの確かなシュートでバチッとゴールを決めよう。あっ、きたきた。ええと、私が幹事でーす」

彼女の視線を追うと、男達がぞろぞろと入ってくるところだった。いずれも上質なスーツ姿の身なりのいい青年ばかり。もう逃げられない——。香夏子は観念してビール、とつぶやいた。眼鏡の男がいかにも育ちの良さそうな笑顔を向ける。

「うわ、綺麗な人ばっかりで緊張するな。幹事の淀川《よどがわ》です」

自己紹介が始まっても、いたたまれなさは拭えない。女達がせっせとこちらを褒めるものだから、男達の視線が集中するのが怖かった。

「香夏子さんは、サークルの頃からとにかく格好よくて、お姉さんタイプでみんなの憧れでしたから。後輩の恋とかもめちゃくちゃ応援してくれたんですよ」

「そうそう、それでいて、お姉ちゃん、家庭的な面もあるんですよ」

「卒業旅行でメキシコに行ったとき、語学が堪能だわ、頼れるわで、正直、この子が男だったら落ちてましたよ」

「香夏子はこう見えて、不器用で繊細なんですよ。自分よりまず他人の幸せを優先する人です」

「そうそう、可愛いところ、あるもんね。年上から見ると、よくわかる。香夏子ちゃんって、会社でも隠れファン多いのよ。ツンデレっていうの？　しっかりしているように見えて、意外ともろい子なんですよねえ」

皆の気持ちは有り難いものの、褒められ慣れていないので、体がかゆくて仕方ない。男達も、次第に香夏子に興味を示し始めている。安達《あだち》、と名乗った向かいの青年がいかにも好ましげに目を細めた。

「いいなあ、香夏子さんみたいな女の子。俺、まじで立候補しようかな」

おっ、いきなり抜け駆けかよ！　と男の一人が叫び、笑いが起きた。俺も、俺も、と男達が次々に手をあげ、熱い視線が集まるものだから、どっと汗が湧く。五杯目のビールを飲み干したせいで、意識はもうろうとしていた。なんとかして、この空気から逃れたい一心で、気付けば口を開いていた。

「いえ、あの、その、私、みんなが思っているようなそういう真面目なタイプではないんです。凜々しくもないし、真面目でも、一途でもないんです」

深呼吸をすると、一息に言い放つ。

「寂しいのが嫌で、元彼をセフレにしているくらいですから！」

緞帳《どんちょう》が下りてくるのが見えるように、目の前の男達が心を閉ざしたのがはっきりとわかった。


「よくもまあ、あたしの顔を潰してくれたわね！　ブッ殺す！」

ドリンクバーを三周してもなお、三千子の怒りは収まりそうもない。よりによって、この間と同じくジョナサン、同じく禁煙席ではないか。気まずそうな男達が逃げるように帰ってしまうと、一同は渋谷方面へと移動した。申し訳なさで縮み上がっている香夏子をひとしきり攻撃するのに飽きると、女達は勝手にしゃべりはじめている。

「でも、よかった。香夏子さんも寂しい時があるんですね。寂しくて誰でもいいやってときあるんですね、私、なんかほっとしました。香夏子さんも女なんだ」

麻衣子がぽつりとつぶやいたので、座は静まった。彼女は見たこともないほどニヒルな笑みを浮かべ、こちらに目を向けた。

「長津田さんと吉沢さんを卒業のタイミングでバッサリ振ったって聞いた時、私は無性に口惜しかったんです。今度こそ本当に本当に負けたって思った。ここまで打算から遠いところにいる女がこの世には存在するんだなって」

「そ、そういう麻衣子ちゃんこそ、長津田のこと自分から振ったじゃない！」

「あれは……。彼が結局、香夏子さんに未練たらたらで、一緒にいても辛かったからですよ」

麻衣子は頬を膨らませると、ぷいと横を向いた。驚いている香夏子に気付くと、すぐに意地悪そうににっと歯を見せる。

「ま、目が肥えたおかげで今の旦那に出会えて、ラッキーでしたけど」

「……みんな、今夜はごめんなさい」

やっとのことで香夏子はつぶやいた。堪えようと思っても涙がまっすぐに落ちていく。翌子が、げっと声をあげた。

「散々持ち上げてくれて、有り難かったけど。私、そんな褒めてもらえるような人間じゃないんだよ。みんなが思うようなサバサバしたかっこいい人間じゃないんだよ……」

「そんなこと知ってるよ」

三千子の言葉にびっくりして顔を上げると、全員が笑いを嚙み殺して頷いている。

「てか、誰もあんたがかっこいいなんて思ってないから！　うぬぼれるのもいい加減にしろって感じ」

「え、そうなの？」

ならば、これまで必死に自分を取り繕ってきた苦労は一体なんだったのだろう。なんだか力が抜けていく。習子はわざとらしくはしゃいだ声をあげた。

「いや。ここまでイタいと逆に爽快でしょ？　うちの姉。なんかもう子供みたいで」

「香夏子さあ、すごく言いづらいんだけど、今いい？」

ずっと黙っていたみなみが恐る恐る、といった様子でこちらを覗き込む。

「実はさあ、仕事でメキシコに行く機会があったんだよね。それで、あの……。サンファン市場を通りかかった時に、これ見つけたの」

みなみがバッグから取り出したハンカチを目にするなり、ひゃあ、と香夏子は大声をあげた。そこに包まれているのは他でもない、六年前にメキシコで売り払ってきたカリオストロ伯爵の指輪ではないか。黒光りするそれにこわごわと手を伸ばし、しばしの間、じっと見つめた。

「信じられない、六年間売れてなかったの？　どんだけ人気ないんだ、こいつ」

みなみが静かな声で言った。

「私はあの頃二股かけてた相手どちらとも別れて、ぜんぜん違う人と結婚したけど。でも、香夏子はさあ、やっぱり長津田さんじゃないの？　何度遠ざけても戻ってきちゃうこの指輪が証拠だよ」

でも――。この女達にはわからない、と香夏子はうつむく。そんなに綺麗な話じゃない。寂しくて、誰かにかまってもらいたくて、自分から連絡をとっただけだ。結局、長津田を利用しただけだった。

「これも運命のバリエーション……なんじゃないんですか？」

麻衣子が言うと、テーブルはしんと静まった。亜依子がいつになく優しい口調でこちらを覗き込む。

「早乙女さんは男が苦手みたいだけど……、私達とは普通に付き合えているじゃない。出身大学も性格も趣味も全然違うのに」

「だって、みんなは女だから」

「男も女も同じ人間だよ」

三千子がきっぱりした口調で言い放った。

「もっとリラックスして付き合えばいいじゃん。相手を信じなよ。香夏子はいいやつ。誰が見てもわかる。あんたを傷つけようなんて、誰も思ってない。保証するよ」

そう言って三千子がこちらの手を取ると、誰もが賛同するように頷いた。何と言っていいかわからず、香夏子は指輪に目を落とす。また泣き出しそうなのを、悟られたくなかった。

6

ドアを開けるなりいきなり玄関にくずれ落ちた香夏子に、長津田は呆れ顔を浮かべたが、何も言わずに奥の部屋へ引き返しペットボトルを手に戻ってきた。キャップを開けると無造作に差し出す。見上げれば、彼は煙草をくわえている。禁煙に完璧に成功したわけじゃないんだ、と思うと、少しだけほっとした。

「なんだっけ、今夜合コンなんじゃなかったの？」

部屋の奥で、パソコン画面がぼんやりと光を放っている。長津田も一人の時間はネットで潰しているのだ、と思うとなんだか切なかった。重たい体を引きずり、ベッドにどさりと倒れ込む。椅子の背に胸をつけ、長津田はこちらを見下ろしている。

「駄目にしちゃった……。せっかくみんなが頑張ってくれたのに」

「まあ、お前、合コンとか向いてる感じしないしな」

「私、男に女として見られるのが怖いんだよ……。どうしても萎縮しちゃって、全然上手く向き合えない。このままじゃ、一生恋人なんて出来ない気がする。結婚も……。ずっと一人かもしれない」

長津田はちゃかすでもなく、笑うでもなく、香夏子の話を黙って聞いていた。ややあって、ためらいがちに言った。

「俺だって、怖いよ。男」

「……なにそれ」

「男というか、男が作った日本のシステムが怖いというべきかな。男嫌いの男がいたっていいだろ。結構多いと思うよ、俺みたいなやつ」

「はい？……」

「男社会はすぐに上下関係を作りたがるだろ。相手にレッテルを貼って自分の優位を確認したがる。迷っている者は容赦なく切り捨てる。失敗した時は一斉に糾弾《きゅうだん》する風潮も怖かった。だから社会に出るのをしぶってたんだ。一度勝ち負けがついたら、そこで終わると思っていたから。一秒でも長く学生でいたかったのは、そこだよ。自分にジャッジを下されるのが怖かった。戯曲を一度も書けなかったのも、結局負けるのが怖かったんだよな。まあ、プライドが高すぎたってことだよ」

この理屈っぽい物言い。まるで大学の頃に戻ったみたいだ。香夏子は目を見開いて長津田を見つめる。まさか今の彼からこんな話が聞けるなんて。酔いが次第に覚めていく。

そうだった。だから彼とだけは打ち解けることが出来た。驚くほど駄目な面までまるで他人事のように客観視し、自分の心情を嘘偽りなくこちらにさらしてしまう。そんな男、彼の他に知らない。

「でもさ、すべてをあきらめたつもりで、社会人になった後で気付いたんだよ。どんな人間でも見えないところで恥かいてるんだよな。失敗くらいどうでもいいじゃん、って思えてきたんだよね。別にいいじゃん、負けてもって。その頃から、なんか変わってきた気がする」

彼は言うなり机の上のノートパソコンを両手で持ち上げ、こちらに示した。

「受賞発表は今晩だったんだ」

それは香夏子もよく知る権威ある「鮫島文学賞《さめじま》」のホームページだった。「戯曲部門」のはるか下に「佳作　長津田啓士《けいし》」の名を見付け、息を呑む。なんと言っていいかわからず、香夏子はしばらくパソコン画面から目を逸らせないでいた。

「ちゃんと書き続けてたんだね。信じられない……。社会人やりながら、執筆するなんてすごいよ。すごい……」

彼は照れたのを隠すためか、口をへの字に曲げている。

「いやいや、やっと一作だよ。三十一歳にしてこれが処女作。はっきり言って、これからが大変だよ。またすぐにチャレンジしないと。でも、ようやく、楽に呼吸できるようになった気がする」

長津田も苦しかったんだ——。当たり前のことに、今ようやく気付いた。

「二人で助け合っていけば、サバイバルできる気がしないか？　香夏子と俺で」

「は、なんなの突然」

言葉の真意を測りかねて、香夏子は黙り込む。その時、いきなり押し倒された。身動きができない。長津田の体のとろけるような温かさといったらどうだろう。突然、眠気が襲ってくる。耳元に熱い息がかかった。

「こうやって二人でくっつきあってれば、色々乗り越えられそうじゃん？」

これはプロポーズということなのだろうか。いやいや、そんなに上手い話があるわけない。それでも、うっとりと目をつぶる。こんな風に安心して誰かに体を委ねるのは、幼い日以来だと気付いた。

ジェットコースターの絶叫で目が覚めた。日は高く昇っている。すべてが蘇り、数分の間、香夏子は天井を睨み付ける。えいやっと身を起こすと、隣の長津田に言い放つ。

「私、ちょっと出るね」

寝ぼけまなこの長津田が、ベッドを降りる香夏子に向かってびっくりしたように問う。

「え、なんだよ、急に」

「ちょっとそこまで」

早くここから逃げねば。昨夜の自分はどうかしていたのだ。目についた衣服をろくに確認もせずに身に着ける。このまま、楽な方に流れるのが怖い。思い出した。本当の自分は怠惰な人間だ。大学の頃、こんな風に授業にも出ず、ただ二人でだらだらと抱き合っていることがよくあった。もともと自分は弱くて流されやすい性格だと思う。だから人一倍、自分を律して生きてきたつもりだ。いつも「枠組」を探してきたのはそのためだ。習い事、学校、会社。ことさらに早稲女らしくふるまったのもそのためだった。役割を担うことは香夏子に深い安心感をもたらした。早稲女はこうだ——といういつの間にか流布されていた決めつけ。それに反発しているポーズを取りつつも、何よりも救われていたのは自分だ。早稲女らしい早稲女でいる限り、香夏子は世界に存在することを許されていた。世界が怖いのは長津田と一緒だった。早稲女の型にはまってさえいれば、自分の身に起きるすべての悲しい出来事を処理することが出来た。女扱いされないのも、甘えられないのも、気付くと一人なのも、香夏子のせいではなく早稲女のせいだった。もしかして早稲女とは、早稲女自身が思い付いた言葉ではないだろうか。遠い昔、自分によく似た先輩が自分を守るために生み出した魔法の言葉。香夏子はまだ見ぬ先輩を思った。お人好しのくせに負けず嫌いで誰よりも傷つきやすい彼女を。その女性《ひと》は今幸せに生きているのだろうか？

枠組から外れてしまった今、香夏子は改めて自分の行く末が怖くなった。沖はどんどん遠ざかるのに、流されていく心地良さをとめられない。

「そこってどこだよ？　なんか買い物？」

長津田の裸の胸を背中に感じる。無我夢中で彼を押しのけ、なんとか睨み付けることに成功した。

「付き合っているわけじゃないのに、しつこいよ！」

「え……、だって、昨日……」

「莫迦じゃないの。ちょっと佳作とったくらいで、なに盛り上がってるのよ。物書きで食べていけるようになるのなんて、まだまだずっと先だよ。ノリと勢いで物言うの、いい加減やめてよ。もういい年こいたおっさんのくせにっ」

「ノリと勢いなんかじゃないよ。これ覚えてる？　香夏子」

長津田がおもむろに机の引き出しから取り出した指輪を見て、香夏子は息を呑んだ。

「俺は捨ててないよ。なんか、捨てられなくてさ。お前も持ってるんじゃないの？　そうだろ」

私も今、持ってる、とは言い難い。うるさい、と吐き捨て、香夏子は夢中で、財布と携帯電話をつかむ。長津田のものであるトレーナーと短パンという格好だが、外に出るには十分だ。一直線に玄関に向かう。数秒迷ったが、長津田のものであるサンダルをつっかけた。エレベーターを待つのももどかしく、外階段を駆け下り、通りに飛び出た。

このまま地下鉄まで走り、半蔵門に帰ろう。今度こそ、長津田とは別れる。彼の受賞はもちろん喜ばしいが、それを利用して元のさやに戻るのは、打算が過ぎる。人として間違っている。そもそも今、彼を好きなのかどうかさえよくわからないのだから。ようやく心が落ち着き、歩みを緩めたところで、長津田の笑いを含んだ声に飛び上がった。

「なに、どこ行くんだよ。そんな格好でまさか電車乗るつもりじゃないだろうな」

心臓がどくどくと鳴っている。長津田が追いかけてきてくれたことなんて後にも先にも初めてなのだ。それでも、振り向かずに足を速める。

「いや、なんか一人で行かせるの心配な気がして。お前、ほっとくとどんどん一人で行っちゃうから」

ふと目頭が熱くなった。スピードを上げ、東京ドームシティの中にどんどん入っていく。まさか長津田も遊園地の中までは追ってこないだろう、と思ったのだが、ちらりと振り向くと、彼はわくわくした顔でついてくるところだ。噴水が勢いよく吹き上げ、水上を走るコースターがしぶきをまき散らしている。小さなステージはぬいぐるみショーで盛りあがっていた。

逃げろ、逃げろ、このままこの男から逃げろ、と心で叫ぶ声がし、香夏子は人波を縫うように、本格的に走り出す。本当はずっと引き留めて欲しかったんだと、今ならわかる。どうしても生き急いでしまう自分をその場に繋ぎとめてくれる誰か。必ず戻ってこれる場所。裏切られても傷つけられてもいい。揺るぎない居場所。自分はずっとそれを求めていたんだとわかる。認めるのがどうしても嫌だった。

振り返ると、長津田が懸命な顔で走っている。運動不足らしく息が荒い。つかまるわけにはいかない。ろくなことにならないのは目に見えている。しかし、ならば——。何故、大きなサンダルを選んだのだろう。何故はき慣れた自分の靴を選ばなかったのだろう。荷物を置いてきたのだろう。考えれば考えるほどわけがわからなくなって、気付けば涙がこぼれていた。大声がもうそこまで迫っている。

「お前とこういうところ来るの初めてだな。もっと来ればよかったな！　でもさ、これから何度も来ようよ。こんなに近所なんだし」

もうすぐ長津田に追いつかれる。それを一秒でも遅くしようと、香夏子は夢中で走り続けた。頼むから追いかけてきてくれ、とも思うのは、やっぱり面倒な女なのだろうか。

「信じないかもしれないけど、鮫島賞に入賞したら、俺、お前に連絡しようと思ってたんだ。お前から電話がきたせいで、その……順序が逆になっちゃったかもしれないけれど、本当は……」

そんな出来すぎた話があるものか。と香夏子は唇を噛む。信じるものか。二度とその手にひっかかるものか。昔から期待させることが巧みな男だった。現に二ヶ月前まで恋人がいると言ったではないか。何度も裏切られて、傷つけられてきた。菜穂子の言葉が蘇る。

——早稲男なんかに負けちゃだめですよ——。

そうだ、本当にその通りだ。でも——。

果たして、勝ち負けが一度でも香夏子を満たしただろうか。

長津田だって同じだ。勝ち負けにこだわりすぎるあまり、ずっと作品を書けないでいた。厳しい評価を恐れるあまり、結果を先延ばしにしてきたのだ。でも、そこから自由になった瞬間、ようやく彼は自分を解き放つことができた。そして本当に欲しいものに近づくことができた。

理屈ではない。自分は一体今、どうしたいのだろう。あるべき姿に自分をすり合わせるのではなく、本当に求めている物を探るのだ。神経を研ぎ澄ませ、心の声を聞き取ろうと目を細める。遊園地の喧噪が遠ざかっていく。そう、したいことをするのだ。目の前にいるたくさんの家族。子供と母親と父親。ふいに視界が歪んだ。長津田との未来は全く想像できない。結婚なんて今は考えられない。でも、彼との早稲田での思い出を汚してしまったことが無性に悲しい。だから一から作り直したい。傷付いた時に、自暴自棄になった時に、自分なんて一生誰ともわかりあえないと思う時に、心の支えとなるような、立ち上がるきっかけになるような、まっさらの温かい記憶を。

もういい。もう負けてもいい――。

香夏子がぴたりと足を止める。数秒後、つんのめった格好の長津田が後ろから激しくぶつかってきた。二人は歩道にもつれ合うようにして倒れ込む。空が急に高くなる。観覧車がゆるやかに回転していた。彼と目が合い、香夏子はくすっと笑い出した。長津田の顔は汗びっしょりで、道に迷った大型犬のように不安そうだったから。途端に気持ちが楽になったのを感じた。彼から逃げたかったのではない。結局、自分から逃げたかったのだ。

誰かが手放したらしい赤い風船が高く舞い上がっていくのが見えた。長津田もようやく笑う。

この決断を一斉にブーイングしているみたいに、ジェットコースターから絶叫がこだましているのが、無性におかしかった。

解説　第三の性別？　早稲女

深澤真紀《ふかさわまき》（コラムニスト・淑徳大学客員教授）

「早稲女が好きだ」という立教大学出身の柚木麻子が、早稲田大学だけでなく東京の私立大学に通う女子学生たちを描いた連作小説『早稲女、女、男』。

「早稲女」はわせじょと読み、早稲田大学の女子学生のことで、ワセジョ、ワセ女とも表記される。早稲男《わせだん》という呼び方もある。ではそのあとの「女、男」とは？　早大では「この世には三つの性別がある、男と女と早稲女だ」と言われているからである。そんなえらい言われ様の早稲女とは、「男にこびない、負けず嫌い、ガサツ、世話好き、仕切り屋、自意識過剰、理屈っぽい、面倒くさい、泥臭い、三枚目、荷物が多い、すっぴん、まじめ、酒豪」な存在なのだ。

本書は、そんな早稲女である主人公の早乙女香夏子《さおとめかなこ》を、立教、本女《ぽんじょ》（日本女子大）、学習院、慶應、青学といった「女子力高め」の大学の女子たちの目線から語った連作小説である（そのため、早大と同じく「女子力低め」の明治や法政は出てこない）。各大学の校歌や応援歌からそれぞれの短編のタイトルがとられ（青学にも校歌はあるが、OBであるサザンオールスターズの曲の歌詞が使われている）、登場人物の名前には、大学名から一文字を使っていることから、大学の擬人（擬女子）化小説とも言えるかもしれない。それぞれの大学の女子たちが、「女子小説の名手」柚木麻子によって「あの大学にはたしかにこういう子がいるなー」とうなずいてしまう説得力で描かれている。

本人も早大出身で「早稲女好き」を公言し、「ワセ女でいこう！」（ケトル、太田出版）という対談連載（私も対談に登場した）までもつジャーナリストの津田大介《つだだいすけ》は、本書の単行本版の帯にこんなコメントを書いている。

「真面目で、一本気で、不器用な女子たちは、早稲田大学という特殊な環境で社会の不条理と向きあい、その魂は高潔になっていく。――人はワセジョに生まれるのではない、ワセジョになるのだ」

フランスの女性哲学者ボーヴォワールによる歴史的名著『第二の性』の「人は女に生まれるのではない、女になるのだ」という名言をもじっているわけだ。早稲女はその先（？）を行って、「第三の性」と呼ばれているわけだが。

私は1967年生まれで、86年に早稲田大学第二文学部に入学、91年に卒業した。今はなき夜間学部で吉永小百合《よしながさゆり》もタモリも通った「もっともとワセダらしい」と呼ばれた二文（ニブンと読む）に通い、学生時代から早稲田・高田馬場界隈に住み続け、夫も大学の先輩という、筋金入りの元早稲女（ＯＧであっても元ではなく「一生早稲女だ」という説もある）だということで、解説役を仰せつかったのだろう。

さて高度経済成長期に育った娘に対して、両親は戦争中の昭和10年代生まれ。公立中学でテニス部（テニスは皇室もやられる高尚なスポーツであった）→公立女子高校で茶道部→女子短大の家政科（ようするに花嫁学校）というレールを強く望んでいたのだが、私にはその適性はなく公立中学で演劇部→公立共学高校で放送部→そこから一浪までして、早稲田なのに夜間学部の二文に入ったわけである。さらに、通学圏内でありながら家出同然で下宿し、そこから実家には戻らなかった（お金がなくて風呂なしアパートに住んでいたこともある）。

当時はバブル期で、短大・女子大ブームでもあり、早大でも大学公認なのに、男子は早稲田大学のみ、女子は女子大学のみというサークルが平然と存在し、本書に描かれているように硬派なサークルであっても、短大や女子大にわざわざ出向いて勧誘のビラ配りをしたりと、当時から早稲田女はぞんざいに扱われていた。

そんななか私自身は、「私たちの就職手帖」という女子学生の就職を考えるまじめなミニコミを作り、政治や原発やフェミニズムの勉強会をしたり、アニメや漫画やＳＦやミステリや映画やゲームにもはまり、当時はまだ珍しかったパソコンやワープロを使いこなすオタクで、周囲の友人や彼氏も似たようなものだった。私の場合は「早稲田女っぽいから早稲田に行った」わけで、「木の葉を隠すなら森の中」を実践したわけである。卒業して25年以上たった48歳の今でも「早稲田女っぽい」「二文っぽい」と勝手に納得されるのは、ある意味では楽である。自分に合わない場所で努力するのは、なかなか難しいことであるし。

と、このように自虐を挟みつつ、うざい自分語りを延々するのも早稲女らしいところかもしれない。

とはいえ「早稲女」という呼び方は、私が学生時代にはされていなかった。前述の津田大介によると50～60年代から「早稲女」という呼称はあったようなのだが、一般的になったのは90年代からだと思う。

1980年代は「女の時代」と呼ばれていたが、それは「男ウケする女の時代」という意味でもあった。それが2000年代に「女子同士で共感し合う時代」である「女子の時代」へと変わっていくのだが、この過程で「男ウケはしないのに、女子には共感されがちな早稲女」が登場したのだろう。

「女子の時代」には、もてない女子である「負け犬」、ダメ男とつきあう「だめんず」、自分の中の女らしさを上手に受け入れられない「こじらせ女子」、女らしさに空回りする「イタイ女」などが登場するが、早稲女はそれを先取りしていたのかもしれない。

私も、女らしさへの適性は本当になかった。なにしろ中年になった今でも本書の香夏子のような言葉遣い（おめーとか、あいつとか）で、面倒くさがりで化粧もせず、ブラもヒールも身につけず、服は「楽な格好で洗濯機で洗えればよし」、そんな「女オンチ」でありながら、本書に出てくるような葛藤を抱えながら自分に合った生き方を工夫する女たちのことは大好きで、「女マニア」でもある。

けっきょく「女らしさ」や「女子力」は趣味の一種なので、どうつきあうかは自分の適性や好みで決めればいいし、それによって女同士でコンプレックスを持ち合う必要もないと思っている（男にこびる女だって、それは一つの生存戦略だし）。

さらに私が名付けた「草食男子」は、今では若者批判の言葉になっているけれど、もともと「恋愛やセックスにがつがつせず、女性とも友人になれて、家族や地元や友人を大事にする」という褒め言葉として名付けている。私が学生時代にはすでに、マッチョな生き方になじめないこういう男子が少なからずいて、「草食男子」のもともとの発想は当時からあったのだ（主人公香夏子の腐れ縁の恋人である早稲男の長津田《ながつだ》にも、その傾向はあると思う）。「男らしさ」と上手につきあえない男だって、魅力的である。

早稲女もこじらせ女子も草食男子も、いろいろな女や男がいるほうがおもしろいし、みなが生きやすくなる。みなが「第三の性」になってしまえばいいのに、とすら思うのだ。

日本音楽著作権協会(出)許諾第一五〇八三三四―五〇一号

(この作品『早稲女、女、男』は平成二十四年七月、
小社から四六判で刊行されたものです)

一〇〇字書評

早稲女、女、男

切り取り線

購買動機（新聞、雑誌名を記入するか、あるいは○をつけてください）

□（　　　　　　　　　　　　　　　）の広告を見て
□（　　　　　　　　　　　　　　　）の書評を見て
□ 知人のすすめで　　　　　　□ タイトルに惹かれて
□ カバーが良かったから　　　□ 内容が面白そうだから
□ 好きな作家だから　　　　　□ 好きな分野の本だから

・最近、最も感銘を受けた作品名をお書き下さい

・あなたのお好きな作家名をお書き下さい

・その他、ご要望がありましたらお書き下さい

住所	〒				
氏名		職業		年齢	
Eメール	※携帯には配信できません		新刊情報等のメール配信を 希望する・しない		

この本の感想を、編集部までお寄せいただけたらありがたく存じます。今後の企画の参考にさせていただきます。Eメールでも結構です。

いただいた「一〇〇字書評」は、新聞・雑誌等に紹介させていただくことがあります。その場合はお礼として特製図書カードを差し上げます。

前ページの原稿用紙に書評をお書きの上、切り取り、左記までお送り下さい。宛先の住所は不要です。

なお、ご記入いただいたお名前、ご住所等は、書評紹介の事前了解、謝礼のお届けのためだけに利用し、そのほかの目的のために利用することはありません。

〒一〇一－八七〇一
祥伝社文庫編集長　清水寿明
電話　〇三（三二六五）二〇八〇

祥伝社ホームページの「ブックレビュー」からも、書き込めます。
www.shodensha.co.jp/bookreview

祥伝社文庫

早稲女《ワセジョ》、女《おんな》、男《おとこ》

平成27年9月5日　初版第1刷発行
令和7年2月20日　第3刷発行

著者　柚木麻子《ゆずきあさこ》
発行者　辻　浩明
発行所　祥伝社《しょうでんしゃ》
東京都千代田区神田神保町3-3
〒101-8701
電話　03（3265）2081（販売）
電話　03（3265）2080（編集）
電話　03（3265）3622（製作）
www.shodensha.co.jp

印刷所　堀内印刷
製本所　ナショナル製本
カバーフォーマットデザイン　芥　陽子

本書の無断複写は著作権法上での例外を除き禁じられています。また、代行業者など購入者以外の第三者による電子データ化及び電子書籍化は、たとえ個人や家庭内での利用でも著作権法違反です。
造本には十分注意しておりますが、万一、落丁・乱丁などの不良品がありましたら、「製作」あてにお送り下さい。送料小社負担にてお取り替えいたします。ただし、古書店で購入されたものについてはお取り替え出来ません。

Printed in Japan ©2015, Asako Yuzuki ISBN978-4-396-34143-5 C0193

祥伝社文庫の好評既刊

朝倉かすみ　遊佐《ゆさ》家の四週間

完璧な家庭が崩れていく——。美しい主婦の家に、異様な容貌の幼なじみが居候する。二人のいびつな友情の果てとは?

飛鳥井千砂　そのバケツでは水がくめない

公私の垣根を越え、大切なものを分かち合ったはずの「友情」は、取るに足らないきっかけから綻びはじめる……。

彩瀬まる　まだ温かい鍋を抱いておやすみ

食べるってすごいね。生きたくなっちゃう——大切な「あのひと口」の記憶を紡ぐ、六つの食べものがたり。

五十嵐貴久　ウェディングプランナー

夢の晴れ舞台……になるハズが⁉ 結婚式のプロなのに自分がマリッジブルーに。さらに、元カレまで登場し——。

井上荒野　赤へ

ふいに浮かび上がる「死」の気配。そのとき炙り出される人間の姿とは。直木賞作家が描く、傑作短編集。

井上荒野　ママナラナイ

老いも若きも男も女も、心と体は刻々と変化する。ままならぬ、制御不能な心身を描いた、極上の十の物語。

祥伝社文庫の好評既刊

泉ゆたか　**横浜コインランドリー**

困った洗濯物も人に言えないお悩みもコインランドリーで解決します。心がすっきり&ふんわりする洗濯物語。

宇佐美まこと　**羊は安らかに草を食《は》み**

認知症になった友人の人生を辿る、女性三人、最後の旅。戦争を生き延びた彼女が生涯隠し通した〝秘密〟とは？

小野寺史宜　**ひと**

両親を亡くし、大学をやめた二十歳の秋。人生を変えたのは、一個のコロッケだった。二〇一九年本屋大賞第二位！

小野寺史宜　**まち**

幼い頃、両親を火事で亡くした瞬一は、高校卒業後祖父の助言で東京へ。下町を舞台に描かれる心温まる物語。

岡崎琢磨　**貴方《あなた》のために綴る18の物語**

一日一話読むだけで、総額一四三万円。見知らぬ老紳士がもちかけた、奇妙な依頼の目的とは？　恋愛ミステリー。

垣谷美雨　**定年オヤジ改造計画**

鈍感すぎる男たち。変わらなきゃ、長い老後に居場所なし！　長寿時代を生き抜くための〝定年小説〟新バイブル！

祥伝社文庫の好評既刊

近藤史恵
スーツケースの半分は
あなたの旅に、幸多かれ――青いスーツケースが運ぶ〝新しい私〟との出会い。心にふわっと風が吹く幸せつなぐ物語。

近藤史恵
夜の向こうの蛹《さなぎ》たち
二人の小説家と一人の秘書。才能と容姿が生む嫉妬、そして疑惑とは？ 三人の女性による心理サスペンス。

越谷オサム
房総グランオテル
季節外れの民宿で、人懐こい看板娘と訳ありの民宿客が巻き起こすハートフル・コメディ！

佐藤青南
たぶん、出会わなければよかった嘘つきな君に
これは恋か罠か、それとも……？ ときめきと恐怖が交錯する、衝撃の結末が待つどんでん返し純愛ミステリー！

小路幸也
明日は結婚式
花嫁を送り出す家族と迎える家族。今しか伝えられない本当の気持ちとは？ 優しさにあふれる感動の家族小説。

島本理生
匿名者のためのスピカ
危険な元交際相手と消えた彼女を追って南の島に向かうが……著者が初めて挑む、衝撃の恋愛サスペンス！

祥伝社文庫の好評既刊

須賀しのぶ　また、桜の国で

第二次大戦前夜、棚倉慎はポーランドに外務書記生として着任。戦争回避に奔走するが――高校生直木賞受賞作。

瀧羽麻子　あなたのご希望の条件は

転職エージェントの香澄は、自身の人生に思いを巡らせ……。すべての社会人に贈る、一歩を踏み出す応援小説。

中田永一　私は存在が空気

存在感を消した少女は恋を知り、引きこもり少年は瞬間移動で大切な人を救う。小さな能力者たちの、切ない恋。

原田ひ香　ランチ酒

バツイチ、アラサーの犬森祥子。唯一の贅沢は夜勤明けの「ランチ酒」。疲れを癒す人間ドラマ×グルメ小説。

藤岡陽子　陽だまりのひと

争いのためではなく、もう一度よく生きられるように。依頼人の心に寄り添い奮闘する小さな法律事務所の物語。

宮津大蔵　ヅカメン！　お父ちゃんたちの宝塚

タカラジェンヌの〝お父ちゃん〟となった鉄道員の汗と涙の日々。タカラヅカを支える男達が織りなす、七つの奮闘物語。

祥伝社文庫の好評既刊

白石一文　ほかならぬ人へ

愛するべき真の相手は、どこにいるのだろう？　愛のかたちとその本質を描く、第142回直木賞受賞作。

白石一文　強くて優しい

幼馴染の仲間優司と二十年ぶりに再会した小柳美帆。惹かれあうふたりと凪いでゆく心を描いた普遍の愛の物語。

ソン・ウォンピョン 著　矢島暁子 訳　アーモンド

二〇二〇年本屋大賞翻訳小説部門第一位！　感情がわからず、怪物と呼ばれた少年が愛によって生まれ変わるまで。

千早　茜　さんかく

食の趣味が合う。彼女ではない女性と同居する理由は、ただそれだけ。三角関係未満の揺れ動く女、男、女の物語。

寺地はるな　やわらかい砂のうえ

自己肯定感の低い万智子が、人生初の恋をして……。変わろうと奮闘する女性を描く、共感度100％の成長物語。

藤崎　翔　お梅は呪《のろ》いたい

五百年の眠りから覚めた呪いの人形・お梅。現代人を呪うつもりが、間違えて次々に幸せにしてしまう⁉